Meurtre
à distance

COLLECTION CONQUÊTES
directeur : Robert Soulières
Format poche

1. **Aller Retour**, de Yves Beauchesne et David Schinkel, roman, 1986, Prix de littérature-jeunesse Cécile-Rouleau de l'ACELF 1986, Prix Alvine-Bélisle 1987
2. **La vie est une bande dessinée**, de Denis Côté, nouvelles, 1989
3. **La cavernale**, de Marie-Andrée Warnant-Côté, roman, 1983
4. **Un été sur le Richelieu**, de Robert Soulières, roman, 1982
5. **L'anneau du Guépard et autres nouvelles**, de Yves Beauchesne et David Schinkel, 1987
6. **Ciel d'Afrique et pattes de gazelle**, de Robert Soulières, roman, 1989
7. **L'Affaire Léandre et autres nouvelles policières**, de Denis Côté, Paul de Grosbois, Réjean Plamondon, Daniel Sernine, Robert Soulières, collectif, 1987
8. **Flash sur un destin**, de Marie-Andrée Clermont, en collaboration, roman, 1990
9. **Casse-tête chinois**, de Robert Soulières, roman, 1985, Prix du Conseil des Arts 1985
10. **Châteaux de sable**, de Cécile Gagnon, roman, 1988
11. **Jour blanc**, de Marie-Andrée Clermont et Frances Morgan, roman, 1986
12. **Le visiteur du soir**, de Robert Soulières, roman policier, 1980, Prix Alvine-Bélisle 1981
13. **Des mots pour rêver**, anthologie de poésie québécoise, de Louise Blouin, 1990
14. **Le Don**, de Yves Beauchesne et David Schinkel, roman, 1987, Prix du Gouverneur général de littérature de jeunesse, 1987, Certificat d'honneur de l'Union internationale pour les livres de jeunesse, 1990
15. **Le secret de l'île Beausoleil**, de Daniel Marchildon, roman, 1991, Prix Cécile-Rouleau de l'ACELF 1988
16. **Laurence**, de Yves E. Arnau, roman, 1991
17. **Gudrid, la voyageuse**, de Susanne Julien, roman historique, 1991
18. **Zoé entre deux eaux**, de Claire Daignault, roman, 1991
19. **Enfants de la Rébellion**, de Susanne Julien, roman, 1988, Prix de littérature-jeunesse Cécile-Rouleau de l'ACELF 1988
20. **Comme un lièvre pris au piège**, de Donald Alarie, roman, 1992
21. **Merveilles au pays d'Alice**, de Clément Fontaine, roman, 1992
22. **Les voiles de l'aventure**, de André Vandal, roman, 1992
23. **Taxi en cavale**, de Louis Émond, roman, 1992
24. **La bouteille vide**, de Daniel Laverdure, roman, 1992
25. **La vie en roux de Rémi Rioux**, de Claire Daignault, roman, 1992
26. **Ève Dupuis, 16 ans 1/2**, de Josiane Héroux, roman, 1992
27. **Pelouses Blues**, de Roger Poupart, roman, 1992
28. **En détresse à New York**, de André Lebugle, roman, 1992
29. **Drôle d'Halloween**, de Clément Fontaine, nouvelles, 1992
30. **Du jambon d'hippopotame**, de Jean-François Somain, roman, 1992
31. **Drames de cœur pour un 2 de pique**, de Nando Michaud, roman, 1992
32. **Meurtre à distance**, de Susanne Julien, roman, 1993

SUSANNE JULIEN

Meurtre
à distance

roman

ÉDITIONS PIERRE TISSEYRE
8925, boulevard Saint-Laurent — Montréal, H2N 1M5

La publication de cet ouvrage a été rendue possible grâce aux subventions du Conseil des Arts du Canada et du ministère des Affaires culturelles du Québec

Dépôt légal: 1er trimestre 1993
Bibliothèque nationale du Canada
Bibliothèque nationale du Québec

Données de catalogage avant publication (Canada)

Julien, Susanne

    Meurtre à distance

    (Collection Conquêtes)

    Pour les jeunes

    ISBN 2-89051-503-6

    I. Titre. II. Collection

PS8569.U477M48   1993   jC843' .54 C93-096069-6
PS9569.U477M48   1993
PZ23.J84Me   1993

Maquette de la couverture :
Le Groupe Flexidée

Illustration de la couverture :
Jocelyne Bouchard

IMPRESSION 〜〜 METROLITHO inc.

123456789IML9876543
10690

1

Neige d'avril

Georges Labonté descend en clopi-
nant les marches extérieures du rez-de-
chaussée. Traînant sa jambe gauche et un
sac de toile rempli d'enveloppes à livrer de
porte en porte, il contourne lentement la
façade du petit duplex et s'approche de
l'escalier menant à l'étage supérieur.
Rentier depuis quelques années, il arrondit
ses fins de mois en distribuant, aux ouailles
du curé Robidoux, les bulletins paroissiaux
et autres feuillets d'information à caractère
religieux.

Aujourd'hui, il apporte à chacun un petit mot leur rappelant qu'un bon chrétien n'oublie jamais de rendre à l'Église ce qui est à l'Église, c'est-à-dire la dîme. Il jette un regard désolé sur les dix-neuf marches légèrement enneigées qu'il doit grimper. Cette neige tardive d'avril ne lui facilite pas la tâche, pas plus d'ailleurs que sa crise de rhumatisme qui lui élance douloureusement dans son genou gauche.

Il prend une bonne respiration, soulevant ainsi son gros ventre. En penchant sa tête vers la droite, il voit l'arrière d'un triplex situé sur la rue voisine. À la fenêtre du dernier étage, il aperçoit l'ombre d'une silhouette dessinée sur le rideau.

«La vieille fille s'ennuie, pense-t-il en souriant. Dommage qu'elle soit aussi engageante qu'un porc-épic. Elle n'est pas vilaine, elle a même de beaux yeux, mais, avec son air sévère et ses réponses en lame de couteau de boucher... Je me demande bien comment je pourrais m'y prendre pour l'inviter à la cabane à sucre! Je vais encore y aller tout seul...»

Sans se l'avouer, il vient de toucher à un problème crucial de sa propre existence. Aimant la vie et tous les plaisirs qu'elle peut encore procurer à un septuagénaire, il regrette amèrement la mort de sa femme.

Non qu'il éprouvât un amour fou pour elle; il l'aimait avec tendresse, avec rancœur aussi, pour toutes les petites morsures que l'on accumule au fil des ans passés à deux. Il s'ennuie surtout d'être seul. Seul à tourner en rond dans son logement, seul la nuit et, plus que tout, seul pour sortir.

Pour chasser sa nostalgie, il monte les marches en les comptant. Un, deux, trois, son pied laisse des traces brunâtres dans la neige blanche. Sept, huit, neuf, le rideau s'agite dans l'appartement de la vieille fille. Treize, quatorze, quinze, sa botte pousse un gros glaçon. Dix-huit, dix-neuf, ouf! il atteint le palier. Il tire de son sac une pile d'enveloppes retenues par un élastique rouge, en choisit une qu'il dépose dans la boîte aux lettres en fer forgé.

Il rebrousse chemin. Du haut de l'escalier, il entrevoit une partie du bungalow de l'autre côté de la rue, dont la porte s'entrebâille. Une main se glisse furtivement et ramasse la lettre paroissiale laissée là quinze minutes plus tôt. Georges reprend son décompte.

Dix-sept, seize, quinze, son pied reste prit dans la marche suivante et son corps lourd et malhabile bascule dans l'escalier. Ses mains tentent d'accrocher les barreaux au passage, son dos glisse par saccades sur les marches. L'espace d'un instant, il découvre la rue sous un angle nouveau, les maisons ayant l'air de sauter dans le ciel. Puis, c'est le choc final, sa tête frappe violemment le socle de ciment au bas de l'escalier. Les deux centimètres de neige qui le recouvrent ne suffisent pas à adoucir le coup. La douleur qu'il ressent sur tout son être s'évanouit au même rythme que sa conscience.

○

En entendant des pas dans l'escalier, la vieille dame relève son petit arrosoir en laiton. Elle secoue, du bout des doigts, les longues feuilles de sa plante araignée et dit à sa chatte:

— Tiens! c'est le facteur. Il passe tôt ce matin. Encore des factures, sûrement! Tu ne crois pas, Choupette?

Couchée en boule, le nez enfoui sous une patte molle, la touffe de longs poils bruns, dorés et blancs ne réagit pas. Dehors, un léger claquement de métal indique à la femme que l'employé des postes a fait son travail. Elle dépose son arrosoir sur un guéridon en chêne au verni impeccable et attend. Les règles de la bienséance ne lui permettent pas de se précipiter sur la porte. De plus, sa curiosité est tenue en laisse par sa pudeur. Elle n'ose pas montrer à un étranger qu'elle est une indomptable optimiste et que même une facture ou un dépliant publicitaire sont d'heureux divertissements.

Un hurlement et un vacarme étrange la surprennent. La chatte sursaute, les oreilles aux aguets.

— Quel manque de savoir-vivre! s'exclame la dame. Se donner ainsi en spectacle...

Réalisant tout à coup qu'il s'agit peut-être d'un accident, elle ouvre vivement la porte, fait quelques pas sur le balcon et voit un corps allongé au pied de son escalier. Elle reconnaît le paletot beige et usé, le foulard rouge ainsi que la casquette de tweed par terre, non loin de l'homme. C'est un marguillier de sa paroisse. Elle ne lui a jamais parlé, mais elle sait qui il est, car c'est un visage familier de son quartier.

Penchée au-dessus de la rampe, elle hésite. Doit-elle descendre pour l'aider ou est-il préférable qu'elle enfile d'abord un manteau et des bottes? Et que peut-elle faire pour lui? L'homme ne bouge pas, n'appelle pas au secours. Jugeant rapidement qu'au poids qu'il a, elle ne pourra jamais le remettre sur se jambes ni le soulever, elle décide de rentrer et de s'en remettre à des experts. Le 9-1-1 est vite composé. Patiemment, elle répond à toutes les questions du préposé. Puis, elle s'habille chaudement, prend un coussin et la vieille couverture à carreaux crochetée il y a plusieurs années et rejoint le blessé.

Lorsque celui-ci est mieux protégé du froid, elle installe le coussin sur la dernière marche et s'assoit dessus. Elle vient de songer qu'il est probablement trop dangereux de soulever la tête de l'homme, il a peut-être une fracture du cou.

Vingt minutes plus tard, elle remonte vers son logis, tandis que, derrière elle, l'ambulance file avec son nouveau patient en direction de l'hôpital. D'un geste distrait, elle retire de la boîte, la lettre portant au coin gauche l'emblème de la paroisse et adressée à Mme Marie-Héléna Jodoin. Ses pensées sont ailleurs. Son petit-fils mange avec elle ce midi. Que va-t-elle bien servir à ce grand adolescent de quinze ans qui la dépasse déjà d'une tête?

Sans un regard pour les yeux curieux et frileux qui ont observé la scène à l'abri de leurs fenêtres, elle referme sa porte, laissant au dehors le banal incident qui s'est produit ce matin. Triste, mais banal, ne causant aucun bouleversement sensible à cette petite avenue paisible de Lachine.

2

Comme un chat

À son lever, le 29 avril, le soleil a repris ses droits. En deux jours à peine, toute la neige a disparu sous la douce chaleur du printemps, comme si ce dernier sursaut de l'hiver n'avait jamais existé. Marie-Héléna enfile son imperméable, ramasse son sac et sort sans chapeau. Elle sait bien que, pour une femme de son âge, ça ne se fait pas. Mais elle déteste les chapeaux qui lui donnent toujours trop chaud, tout en écrasant son épaisse chevelure aux reflets châtains.

Elle parcourt d'un pas alerte les quelques rues qui la séparent de l'hôpital. Malgré ses soixante-douze ans, elle est en grande forme. Tous les matins d'hiver, elle prend sa marche jusqu'à l'ancien golf de Lachine et, le beau temps revenu, elle fait régulièrement une randonnée en bicyclette sur la Promenade du Père-Marquette.

Sa promenade d'aujourd'hui n'en est pas une de loisirs. Il s'agit plutôt d'aller faire une visite de courtoisie. C'est pour cette raison qu'elle s'est endimanchée. Sa toilette est beaucoup plus soignée qu'à l'accoutumée: jupe bleue en fin lainage aux plis surpiqués et chemisier blanc orné de dentelle. Elle porte même ses petits souliers vernis noirs qui lui laissent des ampoules aux pieds.

Elle remonte l'allée en demi-lune qui mène à la grande porte. En levant la tête, elle peut lire, en lettres de fer, rivées dans le mur de pierre: HÔPITAL SAINT-JOSEPH. À l'intérieur, elle prend l'ascenseur jusqu'au troisième, puis elle suit le corridor vert pâle, surprise de ne pas être assaillie par des odeurs antiseptiques.

Devant la chambre 351, elle s'arrête le temps de sortir de son sac un contenant de plastique et d'afficher à son visage un sourire de circonstance. Puis elle pousse la porte. Étendu sur le lit, le cou coincé dans un carcan médical, Georges Labonté tourne les yeux vers elle, dans un effort tel qu'il en louche un peu.

Marie-Héléna s'avance sans dire un mot, le bras tendu offrant un présent emballé dans du Tupperware. Elle ouvre la bouche pour saluer le blessé, mais avant d'avoir dit un mot, une voix nasillarde, un peu trop aiguë, l'invective furieusement.

— Vous êtes drôlement culottée! Venir voir mon père à l'hôpital après ce que vous avez fait.

Cette remarque désagréable provient d'un homme de plus de quarante ans, assis dans un coin près du lit, et qui est la réplique exacte du malade. Même corps rond et court, même visage de lune surmonté par contre de cheveux plus noirs et plus nombreux. Aucun doute, c'est le fils de M. Labonté, en moins poli peut-être.

Très digne, elle lui dit, comme si elle n'avait rien entendu:

— Monsieur Labonté, je m'appelle madame Marie-Héléna Jodoin, et...

— Ça, on le savait déjà! À quel jeu, vous jouez? Vous faites tomber mon père dans votre piège à rat d'escalier, pis après, comme si de rien n'était, vous venez offrir votre sympathie! Gardez-la pour vous! on n'est pas dupe de vos manigances...

Sa colère est telle qu'il hausse le ton et ne porte aucune attention au blessé. Pourtant, le pauvre homme lève les yeux au plafond, soupire, esquisse des gestes de la main. Cette situation l'embarrasse profondément, mais il n'a pas la force d'interrompre son fils. La douleur et les médicaments qu'on lui administre font de lui un témoin muet et impuissant.

Comme un écho lointain, les paroles roulent dans sa tête:

— ... n'est qu'un accident...

— ... une négligence criminelle...

— ... assurances déjà avisées...

— ... coûtera cher...

— ... assurances sont là pour ça...

— ... plainte à la police...

— ... rien à me reprocher...

— ... c'est ce qu'on verra...

Comme dans un mauvais film, les images se bousculent et sautent devant ses yeux: ... les bras de son fils levés au-dessus de sa tête... la bouche aux lèvres rouge cerise de la vieille dame qui s'ouvre et se ferme rapidement... Les dents de son fils qui semblent mordre à chaque mot... un contenant de plastique que l'on secoue devant lui... un doigt chargé de reproches qui s'agite dans les airs. À qui appartient cette main menaçante qui passe sous ses yeux? à la vieille dame qui veut gifler l'insolent? à son fils qui venge son pauvre père? à Dieu qui l'accable d'une punition injustifiée?

— Monsieur, dit Marie-Héléna d'une voix d'un calme forcé, je crois que vous devriez appelez une infirmière. Votre père se porte mal.

D'un coup d'œil, l'homme réalise qu'elle dit vrai. Il se jette sur le bouton d'urgence qu'il écrase violemment plusieurs fois. Puis, il s'écrie en courant vers la porte:

— Maudit! Jamais personne quand on en a besoin.

Profitant du départ précipité du fils et de l'évanouissement du père, Marie-Héléna quitte la pièce et l'hôpital, la tête haute, l'air digne et le pas sec et saccadé. Dans son œil, il y a de la rage, dans ses pensées, de la rancœur et, dans son sac à main, le cadeau qu'elle a gardé.

Sur le chemin du retour, elle ne voit pas la lumière du soleil qui se glisse entre chaque brin d'herbe, elle n'entend pas les oiseaux qui piaillent en se poursuivant dans le ciel, elle ne porte aucune attention aux écureuils qui courent sur les fils électriques au-dessus de la rue. Elle ne répond même pas au sourire engageant du brigadier scolaire qui lui fait parfois un brin de jasette, le laissant ébahi sur son coin de rue. Non! elle est loin de tout cela. Elle rumine.

«Comment a-t-il osé me parler sur ce ton? dans un lieu public, en plus. Tout le monde aurait pu entendre. Il l'a sûrement fait exprès pour crier aussi fort. Il m'accusait presque d'avoir voulu assassiner le vieux bonhomme. Ce n'est tout de même pas de ma faute s'il n'est pas capable de descendre un escalier sans le débouler. Il aurait peut-être voulu que je lui tienne la main pour l'aider à se rendre en bas. Quel monde! Quel homme désagréable!»

Elle passe devant sa demeure et se dirige vers les marches menant à son logement quand elle l'aperçoit. Debout, au fond du passage, face au mur, une main négligemment posée sur la clôture de la cour, il vide sa vessie comme si c'était la chose la plus naturelle au monde. Figée sur place, la vieille dame n'en revient pas: avoir l'audace de faire cela juste sous la fenêtre de sa cuisine, comme un matou qui marque son territoire.

L'homme referme la braguette de son costume bleu marine, replace sur son épaule son large sac du ministère des postes, passe près d'elle en lui adressant un petit salut ironique et continue son travail.

Marie-Héléna pousse un soupir mêlé d'étonnement et de colère. Comment un facteur peut-il être aussi impoli? Elle monte chez elle à la hâte et lance sur le divan son sac à main qui atterrit tout près du nez de sa chatte. Elle prend un seau sous l'évier de la cuisine, le remplit d'eau chaude, et retourne à l'extérieur pour arroser copieusement la trace que ce chat de gouttière a laissée sur le mur.

Cette tâche accomplie, elle respire enfin plus calmement et jette un regard approbateur à l'énorme chêne dont la ramure occupe presque tout l'espace entre les deux maisons. Ses fortes branches s'approchent dangereusement des fils électriques. Il faudra probablement l'élaguer avant l'été.

Avant de remonter à son logement, elle ramasse des papiers jetés là par le vent et des mains négligentes. Dans sa quête de la propreté, elle trouve aussi quelques bouchons de boisson gazeuse et un plomb attaché à un fil de pêche.

«Depuis quand, y a-t-il des poissons sur le terrain? pense-t-elle en souriant. Probablement un enfant qui avait la nostalgie de l'été et qui s'est pratiqué durant l'hiver.»

Une voix indiscrète interrompt ses pensées:

— Pas déjà dans votre ménage de printemps, madame Jodoin? Vous êtes pressée cette année.

Marie-Héléna se sent gênée, comme si on la prenait sur le fait d'un délit inavouable. Pour répondre à la jeune femme qui, du balcon de la maison voisine, l'a ainsi abordée, elle bredouille quelques phrases avant de finalement expliquer:

— C'est seulement pour faire disparaître l'odeur d'un gros chat malpropre. C'est à croire que le beau temps rend ces bêtes-là plus effrontées. Ils font ça tout partout. Vous m'excuserez, j'ai de l'ouvrage qui m'attend, ajoute-t-elle vivement pour couper court à la conversation.

Conversation qui dure toujours trop longtemps avec une voisine du genre de madame Giroux, la bavarde du coin. La vieille dame n'a pas envie de lui fournir des explications sur l'accident de l'autre jour dont elle n'a sûrement pas manqué d'être témoin. En se sauvant ainsi, elle évite de plus les commentaires du genre:

«Pauvre monsieur Labonté, un homme si gentil et si bon, comme son nom. On peut pas en dire autant de tous les membres de sa famille. Ma tante qui reste dans la 5e avenue, vous savez à côté des Dubois, a entendu dire que son fils... Ben, ce que je vous dis-là, ça reste entre nous. Toujours est-il que ma tante a su, du neveu du fleuriste qui reste directement en-dessous du fils Labonté, que cet homme-là a...» et patati et patata...

Le réseau d'informations (le plus souvent exactes) des commères est aussi long, tortueux et énigmatique que les méandres d'un labyrinthe.

Sa cueillette de déchets dans une main et son seau de l'autre, Marie-Héléna rentre chez elle juste à temps pour répondre au téléphone.

— Mamie, où étais-tu? Ça fait vingt fois que je te téléphone depuis ce matin, s'écrie une voix éraillée par la mue à l'autre bout du fil.

— Tu n'exagères pas un peu, répond-elle heureuse d'entendre son petit-fils. Qu'as-tu donc de si pressant à me dire? Fais-tu l'école buissonnière, pour passer toute ta journée au téléphone?

— Journée pédagogique! lance l'adolescent. Ça te dirait d'écouter un bon film, dimanche soir? Papa sort, il en aura sûrement pour toute la nuit. J'ai réservé la cassette du dernier «Indiana Jones». Avec le pop-corn que tu fais si bien, on passera une soirée super.

«Ça y est, songe-t-elle, il a cassé avec sa dernière blonde et son père ne sera pas là de la nuit, alors il craint de s'ennuyer!»

— C'est une excellente idée, mon garçon. De plus, j'ai préparé une surprise pour toi. Arrive pour le souper.

— Merci, Mamie. Je t'embrasse.

Elle dépose le combiné et s'approche de son sac à main d'où elle retire le contenant de plastique. En caressant sa chatte derrière les oreilles, elle lui dit:

— Tant pis pour ce vieil imbécile! Tant mieux pour mon jeune! C'est Karl qui mangera mon sucre à la crème.

Souriante, elle dépose son précieux cadeau dans le réfrigérateur.

3

Affaire classée

À genoux dans la salle de bains, armée de gants en caoutchouc, d'une éponge et d'une bouteille de nettoyant liquide, Marie-Héléna frotte consciencieusement sa baignoire. Elle ne se considère pas comme une maniaque de la propreté, mais elle aime le travail bien fait. Aussi, met-elle toute son énergie à faire disparaître cernes et traces de saleté.

C'est aussi une façon très efficace de dépenser son agressivité. Car elle est agressive! Il a osé, oui; ce petit homme ridicule et stupide a osé porter plainte contre elle. Tout à l'heure, deux agents sont venus l'interroger et examiner les «lieux du crime». Ils ont été très gentils avec elle, ils avaient même l'air plutôt mal à l'aise.

Ils lui ont d'abord expliqué que ce n'était qu'un travail de routine, une simple vérification pour s'assurer qu'il n'y avait rien de volontaire dans cet accident. Volontaire! A-t-elle la tête d'une folle qui s'amuse à blesser ses voisins?

Mais elle a tout de même répondu à ces messieurs, sur un ton poli et pondéré, gardant pour elle-même ses remarques et sa désapprobation.

— Votre nom?

— Madame Marie-Héléna Jodoin, née Lalonde. (Si mon père savait que son nom est ainsi insulté...)

— Occupation?

— Institutrice à la retraite. (Oui, mon jeune, tu as l'âge de mes anciens élèves.)

— Vous habitez seule?

— Je suis veuve depuis quarante-cinq ans. (Ça fait longtemps que j'ai appris à me débrouiller toute seule.)

— Le matin de cet incident, c'est-à-dire il y a deux jours, vous n'avez rien entendu de particulier?

— J'ai entendu crier. Ce qui est très inhabituel dans le quartier. À cette heure-là, les enfants sont en classe et le silence règne dans la rue. Alors, quand ce monsieur a déboulé et hurlé, j'ai trouvé cela très «particulier».

— Oui, bien sûr. Mais avant la chute, il ne s'est rien passé?

— Évidemment, qu'il est arrivé quelque chose. Il a neigé. Je ne suis plus très jeune, vous savez. J'ai perdu l'habitude de me précipiter aux premiers flocons avec ma pelle pour tout déblayer.

— C'est donc une négligence...

— Criminelle? (Pas un seul juge sérieux n'accusera une femme de mon âge de ne pas avoir enlevé les quelques flocons de neige qui recouvraient ses marches, voyons donc!)

— Ce n'est pas ce que je voulais dire. Je vais inscrire dans le rapport que tout ceci est un accident. Mais avant de partir, nous allons jeter un petit coup d'œil à votre escalier, pour s'assurer que tout est en ordre de ce côté. C'est tout. Vous n'avez pas à vous inquiéter.

Inquiète, la vieille dame ne l'est pas vraiment. Elle a de bonnes assurances, grâce à la prévoyance de son gendre, Jacques Daigle. Au prix exorbitant qu'elles lui coûtent, c'est à son assureur de se débrouiller avec ce problème.

Dehors, pour la forme, les policiers ont tâté la rampe et tapé du bout du pied les marches, puis ont conclu que tout est bien solide et dans les normes de sécurité. Sur ce, ils ont pris congé.

○

La salle de bains enfin propre, Marie-Héléna agrippe son balai et sort pour secouer la poussière de son escalier. Peut-être y a-t-il dans ce geste une attitude superstitieuse non avouée, comme si elle voulait se débarrasser de toute cette mésaventure en la balayant loin d'elle? Puis, sentant la fatigue, elle s'assoit sur une marche, attentive aux moindres bruits de son quartier. C'est vendredi et il est trois heures vingt. La cloche de l'école primaire sonne. Dans quelques instants, de jeunes enfants passeront devant sa maison avec leurs cris annonçant la joie de ces vacances hebdomadaires.

Ses souvenirs refont surface. Des enfants, elle en a vu des centaines; trente-cinq années remplies d'élèves joyeux ou tristes, studieux ou nonchalants, mais toujours attachants par leur franchise et leur vivacité. Ceux qui lui laissent une image plus claire se démarquent par leurs aptitudes exceptionnelles, leur gentillesse exemplaire ou leurs coups les plus pendables. Comme ce garçon, trop grand pour ses dix ans, qui s'était fabriqué une cachette secrète sous le vieil escalier en bois derrière la petite école. Il y avait attaché un panier par un des barreaux de la rampe. Marie-Héléna l'avait découvert quand l'enfant y avait mis deux jeunes chatons qui se plaignaient horriblement de ce traitement.

Elle glisse la main sur les barreaux et aperçoit un fil de pêche fixé à l'un d'eux. Elle tire pour l'arracher, mais il tient bon car il est enroulé plusieurs fois autour de la barre de métal. Elle va chercher un ciseau et le coupe. Elle songe soudain au fil relié au plomb qu'elle a découvert ce matin sur le gazon. Est-ce le même? C'est tout de même bizarre qu'elle ne se soit pas rendu compte qu'un enfant était venu jouer dans son escalier. Qui cela peut-il bien être? Le petit garçon aux taches de rousseur qui passe à toute vitesse en bicyclette ou ce groupe d'enfants un peu plus vieux qui se cachent un peu partout? Bof! aucune importance...

Mais tout à coup, une pensée traverse son esprit. Si M. Labonté s'était accroché dans ce fil? Cela expliquerait sa chute! De toute façon, cela demeure un accident, on ne peut pas accuser un enfant d'avoir voulu blesser un vieil homme. Marie-Héléna ne peut rien faire de plus, sinon jeter ce bout de fil, désormais inutile. Elle donnera le plomb à son petit-fils, il aime bien la pêche.

○

L'agent Sicard trace en grandes lettres régulières, rondes et couchées vers la droite, les derniers mots de son rapport. Puis, il passe une main fatiguée dans ses cheveux noirs qui grisonnent à peine en songeant que ses vacances estivales seront les bienvenues. Remettre des enfants plus ou moins délinquants dans le droit chemin, se mêler des chicanes de ménage des autres, servir de tampon dans les disputes qui suivent parfois les accidents de la route, tout cela n'a rien d'emballant. Avec l'accumulation des années de service, la routine s'est installée dans son travail maintenant dépoussiéré des images de redresseur de torts, de vengeur d'innocents et de punisseur des coupables qu'il entretenait, sans vraiment y croire, au début de sa carrière.

— Ce qu'on peut être ignorant quand on est jeune! marmonne-t-il pour lui-même en jetant un coup d'œil à son co-équipier.

Celui-ci, dans la vingtaine, arbore une magnifique moustache et une assurance soutenue par ses illusions sur l'importance de son rôle. Ce n'est pas que Normand Lavoie ait des ambitions démesurées, mais il possède une très grande confiance en lui.

— Qu'est-ce que tu dis? demande-t-il à son aîné.

— Mon rapport sur madame Jodoin est terminé. Ce n'est plus maintenant qu'un simple problème d'assurances entre elle et monsieur Labonté.

— Encore une affaire classée! Le célèbre cas de la petite vieille sanguinaire a été réglé avec brio par le non moins célèbre tandem Lavoie-Sicard.

— Erreur, c'est Sicard-Lavoie!

— D'accord, je veux bien faire passer l'âge avant la beauté, consent-il une main sur la poignée de porte du bureau. Je me sauve, j'ai une fin de semaine chargée à préparer.

— Elle est blonde ou rousse?

— Brune avec de grands yeux noirs, salut!

Qu'il en profite pendant qu'il est jeune, songe Sicard. On vieillit bien assez vite. Cette pensée le ramène au logement de Marie-Héléna Jodoin. Quelle perte de temps, procéder à une enquête sur cette pauvre vieille dame! Il y a vraiment des gens qui portent plainte pour n'importe quoi. Il ne peut s'empêcher d'avoir un sourire attendri pour cette femme. Elle lui rappelle vaguement sa mère; toute menue, sa tête fière bien haute, ses yeux noirs qui fixent sans crainte et même avec défi, ce refus de s'incliner devant qui que ce soit. Une brave femme qui a une bonne instruction et qui a dû travailler fort toute sa vie pour élever sa famille après la mort de son mari. Maintenant, pour passer ses vieux jours, elle doit s'occuper avec son tricot, son chat et ses plantes.

— Bon! il est temps que je me change les idées. Deux jours de congé me feront le plus grand bien avant de travailler de soir, marmonne-t-il en se secouant.

Il quitte lentement le poste de police.

4

Cinéma et réalité

Karl est arrivé dans le milieu de l'après-midi, au volant d'une bicyclette 12 vitesses. Un modèle qui n'est pas très récent, puisqu'elle date de quelques années, mais il se garde bien d'en demander une autre à son père, car ce qu'il désire obtenir est bien plus intéressant: une moto tout terrain. Pas un gros modèle, une 125 lui suffirait. Mais, il doit d'abord remplir deux conditions: atteindre seize ans (dans vingt jours exactement ce sera fait), et terminer le cours de conduite qu'il se paie grâce à son travail d'emballeur à l'épicerie du coin.

Assis sur la galerie, une revue spécialisée sur les genoux, il explique à sa grand-mère les caractéristiques des différentes motocyclettes qui y sont illustrées. C'est à croire qu'il a appris par cœur les fiches techniques de tous ces engins: cylindrée, hauteur de la selle, suspension, boîte de vitesses, embrayage... Il n'existe plus de secrets pour lui!

Marie-Héléna écoute avec attention. La passion de son petit-fils est communicative. Elle pointe du doigt la photo d'une vieille Harley-Davidson.

— Tu sais, ton grand-père en a déjà eu une qui ressemblait à celle-là. Il y a très longtemps de cela, au début des années 40.

Elle lui raconte le sourire moqueur de son homme sous ses grosses lunettes protectrices; son blouson en gabardine contre lequel elle enfouissait son nez quand il roulait trop vite, et qui sentait un peu l'huile car il devait souvent rafistoler son engin; sa casquette de toile qu'il agitait au bout de son bras dès qu'il l'apercevait debout sur la dernière marche du balcon, guettant son arrivée. Le dimanche matin, après la grande messe, ils partaient ensemble, à l'aventure, sans destination précise. Chaque fois, ils découvraient un nouveau coin de l'île de Montréal.

— Mais ça, c'est de l'histoire ancienne, ajoute-t-elle à la hâte, pour changer de sujet.

— Si tu veux, je te ferai faire des tours quand j'aurai la mienne, lui propose l'adolescent.

— Ça me ferait plaisir, mais tu ne conduiras pas trop vite?

— Promis!

C'est à ce moment précis, que Karl remarque sa présence. Y avait-il longtemps qu'elle se tenait debout dans l'escalier, la main sur la rampe, hésitante, à l'écoute de leur conversation? Il ne peut le dire, car elle monte les dernières marches avec tant de discrétion, comme un être immatériel ne laissant sur son passage que silence et indifférence.

Mais ce n'est qu'une impression très fugitive, puisque déjà sa grand-mère l'accueille:

— Margo! Comment vas-tu? Assieds-toi.

— Je ne veux pas vous interrompre. Vous semblez tellement passionnés par vos histoires de famille.

Par politesse, Karl lui dit:

— Y'a pas de dérangement, madame Sigouin.

L'expression n'est pas juste, mais il se voit mal appeler «mademoiselle» une vieille dame de l'âge de sa grand-mère. Pourtant Marguerite Sigouin porte l'étiquette peu reluisante de vieille fille. Le jeune garçon croit que ce doit être cela qui la rend si renfermée et discrète: sa solitude, ainsi que son accent si spécifique des Îles-de-la-Madeleine, sortant du fond de la gorge avec des «t» et des «d» qui claquent comme une voile au vent. Un drôle d'accent ressemblant à un écho du bord de la mer, mais qui a perdu le lustre de son vocabulaire spécifique à force de se frotter au jargon de la ville.

Maintenant qu'elle est tout près de lui, il est surpris par la force qui émane d'elle. Ses mains qu'elle garde serrées l'une contre l'autre sont larges, rouges et sèches. Sa taille est nettement au-dessus de la moyenne. Son corps, bien droit malgré l'âge n'a rien de délicat. Il est vrai qu'elle est habituée aux lourdes taches, puisqu'elle a toujours travaillé dur toute sa vie, selon l'expression de sa grand-mère. Elle fait des ménages, et cela depuis qu'elle s'est installée dans la région de Montréal, quand elle était toute jeune.

Avec un sourire timide qui donne à ses grands yeux verts une douceur étonnante dans ce visage si sévère où la bouche ne ressemble qu'à un mince pli, elle demande à Marie-Héléna:

— Je voulais savoir si tu pouvais me prêter ton livre sur les champignons sauvages? La saison des morilles approche et j'aimerais le relire avant de partir à la chasse aux champignons.

— De la façon dont vous en parlez, c'est toute une expédition, s'écrie Karl en riant.

— Mais c'est exactement ça, réplique sa grand-mère. Les champignons, sous des allures inoffensives et parfois même attirantes, cachent un poison mortel ou un festin digne d'un roi. La moindre erreur peut être fatale. Quand as-tu l'intention d'effectuer ta première «exploration» de l'année? dit-elle en se tournant vers son amie.

— Probablement demain après-midi, si tu es libre.

— Parfait! Karl veux-tu nous accompagner pour un safari en jungle québécoise?

— D'ac! accepte aussitôt l'adolescent.

Étonnée, Marguerite lui lance malgré elle:

— Tu n'as donc jamais d'école.

— C'est seulement ma deuxième journée pédagogique en autant de jours. Il faut bien que les élèves se reposent des professeurs! ajoute-t-il avec un clin d'œil à sa grand-mère.

Ignorant cette boutade, elle explique a Margo:

— Mon gendre sort ce soir, je me transforme donc en gardienne d'enfant jusqu'à demain. Il passe la nuit ici avec armes et bagages. Mais, en échange, c'est lui qui cuisine. Allez, moussaillon, au travail, j'ai faim!

— Oui, mon général, fait-il en disparaissant vers la cuisine.

Marie-Héléna se dirige vers la petite bibliothèque du salon suivie d'une Marguerite hésitante et préoccupée. Là, elle trouve rapidement le livre convoité. La vieille fille parle du temps qu'il fera demain, cherchant comment aborder le sujet qui lui brûle la langue. Puis un peu trop brusquement, elle demande:

— As-tu des nouvelles de ton blessé? Celui qui est tombé dans l'escalier la semaine dernière.

Marie-Héléna pince les lèvres pour répondre:

— Il en réchappera.

Sans tenir compte de la sécheresse des paroles de son amie, la vieille fille poursuit:

— Je ne comprends pas comment il a fait son coup pour dégringoler comme ça. De ma fenêtre, je l'ai vu partir d'une façon si bizarre. Ce doit être pour cela que les policiers sont venus te rendre visite. Ils n'ont rien trouvé de particulier qui aurait pu faire chuter le pauvre homme?

Marie-Héléna pense que sa voisine a le nez un peu trop souvent dans sa fenêtre puisqu'elle a aussi aperçu la visite des agents. Tant de curiosité ne mérite pas qu'elle lui raconte sa découverte du fil de pêche.

— Mais non, voyons. Qu'est-ce que tu t'imagines?

— Je ne sais pas, moi... Pour tomber ainsi, il s'est peut-être accroché le pied dans quelque chose?

Un cri de détresse provenant du frigidaire évite à Marie-Héléna toute explication. Elle se précipite à la cuisine pour venir en aide à son petit-fils qui ne trouve aucun des ingrédients nécessaires pour préparer une bonne salade.

Marguerite n'insiste pas et profite de l'occasion pour se sauver après un faible bonsoir timide, cachant ainsi son malaise. Elle serait désespérée d'avoir à éclaircir la raison de son intérêt pour l'accidenté. Mais rien n'échappe aux oreilles de Karl. Il presse sa grand-mère de questions sur le mystérieux blessé.

— Tu ne m'avais pas dit qu'il y avait eu un accident dans ton escalier, cette semaine! Quel jour?

— Mercredi matin. Un vieil imbécile a simplement déboulé les marches, pour se rendre intéressant, répond-elle en songeant à l'accueil cinglant de l'hôpital. Rien de passionnant, comme tu vois.

— Mamie, susurre le perspicace adolescent, tu me caches quelque chose...

Elle éclate de rire et lui raconte l'accident, lui rapportant même les éléments qu'elle avait cachés à tous.

— Tu crois vraiment que le bonhomme est tombé à cause de ce petit plomb, s'exclame-t-il en le faisant rouler dans sa main.

— J'en ai bien peur, mais ce n'est pas certain. Il n'est plus très jeune et n'a pas besoin de cela pour perdre l'équilibre. Il avait neigé la nuit précédente, alors... De toute façon, c'est un secret entre toi et moi.

Pour faire plaisir à sa grand-mère, le garçon acquiesce d'un coup de tête, même s'il croit que le plomb n'a rien à voir dans cette histoire. Puis, il s'exclame:

— J'ai l'impression que la vieille fille a le coup de foudre pour le gros tombeur.

— Karl! réplique-t-elle mi-courroucée, mi-amusé.

○

Les yeux grands ouverts, Marie-Héléna ne manque rien du spectacle. Les cascades les plus incroyables défilent sur le petit écran et ne sont surpassées que par le nombre affolant de serpents, araignées et insectes en tout genre qui agressent le héros. La victime est belle, mais pas tout à fait sans défense. Vraiment, ça ne manque pas d'action et d'humour.

La première bande vidéo terminée, Karl se hâte d'en installer une autre. Cette fois, les vaisseaux spatiaux explosent en mille lumières multicolores, avec des bruits assourdissants, mais il y a toujours une victime non-consentante et un héros pour la sauver. D'ailleurs celui-ci ressemble étrangement au personnage principal du film précédent. Il n'y a peut-être qu'un seul acteur qui consente à jouer ce genre de rôle?

Se désintéressant tout à coup de l'action qui se déroule devant elle, la grand-mère observe son petit-fils. Grand, mince, il se donne des allures de bravache que rien n'impressionne et qui est au-dessus de tout. Il a une épaisse tignasse brune coupée très court à l'arrière, mais qui lui cache les yeux sur le devant (de doux yeux verts semés de points bruns).

«Les yeux de sa mère, plus il vieillit, plus il lui ressemble. Dommage qu'il ne l'ait pas connue.»

À la pensée de sa fille, morte depuis près de seize ans, une vague froide et suffocante naît au centre de son sternum et s'étend lentement jusqu'au bout de ses membres. Mettre au monde une enfant, lui donner ce qu'il y a de meilleur, économiser pour l'envoyer à l'université, partager sa joie devant ses réussites, tout cela pour qu'elle termine sa vie à trente ans! Comment est-il possible à notre époque de perdre la vie en accouchant? Deux heures après que Karl ait poussé son premier cri, la jeune mère ne respirait plus: travail trop long, hémorragie et arrêt cardiaque. Telle fut l'explication des médecins!

Marie-Héléna s'est donc portée volontaire pour remplacer la mère, du moins pour les cinq premières années du bébé, au grand soulagement de son gendre.

La vieille dame soupire, fronce les sourcils et tente de se concentrer sur le film qui s'achève déjà. L'adolescent rembobine la cassette avant la fin du générique, tout en commentant les meilleurs scènes. Puis, le sourire aux lèvres, il s'écrie joyeusement:

— Tu ne trouves pas que ça ouvre l'appétit?

— Je suppose qu'une pizza toute garnie remplirait ton petit creux, répond-elle en lui rendant son sourire. Tu connais le numéro, passe la commande. Pour moi, demande une pointe sans pepperoni.

○

Ralph arrête brusquement sa voiture et vérifie l'adresse. Sans arrêter le moteur, il ouvre la portière et déplie ses membres trop longs pour la petite Toyota. Il grimpe les marches deux par deux, avant d'appuyer sur la sonnette. Dans sa main gauche, il sent sur sa paume la chaleur de la boîte plate. Pour mettre fin à cette vilaine sensation, il la tient de chaque côté, du bout des doigts.

La lumière extérieure s'allume, mettant de la couleur sur sa peau brune et mate et des reflets dans ses cheveux crépus. Au moment où la porte s'entrouvre sur un regard souriant, un éclair, tombé de nulle part, frôle son visage, transperce avec fracas la boîte et la pizza pour se ficher dans le plancher. Ses grands yeux noirs écarquillés par l'horreur, le livreur fixe le long couteau de cuisine qui vibre planté entre ses deux pieds, retenant sous sa lame une tranche de pepperoni.

Il reconnaît à peine le cri échappé de sa gorge avant de dévaler l'escalier. Les mains tremblantes, il agrippe le volant. À quelques coin de rue de là, il croise une auto-patrouille dont il attire l'attention en klaxonnant. Ses explications sont décousues et sèment l'incertitude dans l'esprit de policiers qui tentent de le calmer.

— Un couteau a traversé ma pizza. Ma main en dessous, j'aurais pu me blesser. Et il riait, il trouvait ça drôle. Des fous, ce sont des fous.

Une voix grésillante surgit de l'inter-phone:

— Patrouille 13-02, une vérification à faire dans votre secteur au sujet d'une attaque avec couteau sur un livreur de pizza.

— C'est moi, c'est moi, s'écrie Ralph.

Sans dire un mot, l'agent Sicard note mentalement l'adresse. Une adresse qu'il connaît vaguement. L'agent Lavoie conseille au livreur de les suivre.

○

Les mains dans les poches de son jean, Karl s'appuie le dos sur le mur de brique. Debout sur le balcon, il attend.

— Ça y est, Mamie, chuchote-t-il en riant au bout d'un moment. Le lièvre noir revient avec deux chiens policiers.

— Karl, ne parle pas comme ça. Il n'y a rien de drôle, lui rappelle sa grand-mère avec des yeux sévères.

— D'accord, d'accord, bougonne-t-il en haussant les épaules. C'était juste une blague.

Elle voudrait bien lui répondre, mais déjà l'agent Sicard est en haut des marches.

— Bonsoir madame, vous nous avez appelés?

Sans dire un mot, elle se déplace vers la gauche, laissant apparaître le couteau trônant bien droit au centre de la lumière. Le policier a un moment d'hésitation avant de demander:

— Qui l'a lancé?

— Personne! Il est tombé du plafond, répond très vite l'adolescent.

Lavoie lui jette un coup d'œil avant d'examiner le toit surplombant le balcon. Il n'y voit qu'une lampe en fer, mais pendue sur le haut de la porte, il aperçoit, retenue à une vis par un fil de nylon, une fourchette.

Son regard va du couteau à la fourchette, puis à la lampe.

— Du plafond! Tu l'as vu tomber? questionne-t-il en fixant Karl.

— Oui, quand j'ai ouvert la porte, ça a fait comme une grande ligne de lumière qui descendait du ciel. Je n'ai pas réalisé tout de suite ce que c'était.

— À part toi, qui d'autres étaient présents quand c'est arrivé?

— Moi, dit Marie-Héléna qui ajoute d'un ton complaisant, et le livreur de pizza.

— Évidemment, lui, c'est la victime, fait Lavoie agacé en regardant le grand noir encore assis dans sa voiture.

Sentant l'irritation de son partenaire, Sicard intervient:

— Madame... madame Jodoin, si je me souviens bien?

La vieille dame approuve de la tête.

— Ce couteau, l'avez-vous déjà vu auparavant?

Elle hésite avant de répondre:

— Il ressemble un peu au mien.

— Nous allons vérifier, si vous le voulez bien.

D'un geste de la main, il l'invite à se rendre à la cuisine avec lui. Karl veut les suivre, mais l'autre policier le retient sur le balcon.

— Raconte-moi ce que vous avez fait durant la soirée.

— On a écouté des films.

— Toute la soirée? Et avant cela?

— J'ai soupé avec Mamie.

— Mamie?

— Ma grand-mère. À part ça, rien. On a jasé un peu et c'est tout.

— Tu es resté avec elle, tout le temps?

— Oui, depuis que je suis arrivé ici vers deux heures, deux heures et demi...

— Tu n'as rien entendu de spécial? Des pas dans l'escalier? du bruit sur le balcon?

— Non, rien du tout.

Sicard revient seul à la porte. Tout bas, il dit à Lavoie:

— Appelle au poste, qu'il nous envoie un sergent détective pour une enquête criminelle.

Il se tourne vers Karl:

— Toi, le jeune, viens t'asseoir au salon. On a à se parler.

5

Père et fils

Encore tout endormi, Jacques secoue mollement la main pour chasser le bruit qui l'agresse. Près de lui, une forme chaude et imprégné d'un doux parfum s'agite, puis se lève en murmurant:

— Le téléphone... en pleine nuit.

Les yeux à demi-ouverts, il entrevoit à peine son beau corps nu sortir de la chambre et se diriger, à tâtons dans la pénombre, vers l'appareil du salon.

— Jacques, c'est pour toi, di-elle en revenant se glisser sous les draps. Ton fils.

— Karl! Qu'est-ce qu'il veut?

Silencieuse et frissonnante, la femme rabat la couverture sur sa tête pendant qu'il prend le récepteur.

— P'pa, fait une voix craintive. Il faut que tu viennes me chercher.

— Te chercher? Pourquoi? T'as grand-mère t'a mis à la porte? Tu n'as qu'à prendre ta bicyclette.

— P'pa, je suis au poste de police. Ils ne me laisseront partir que si tu viens me chercher.

Au mot «police», Jacques s'est tout à fait réveillé. En un instant, des dizaines de questions lui sont montées à la tête. Mais déjà Karl continue:

— Mamie aussi a besoin de ton aide. C'est trop long à expliquer, dépêche-toi.

○

Gêné, Jacques Daigle explique à l'officier du poste qu'il vient chercher son fils et sa belle-mère. Il n'est guère rassuré quand le policier va chercher son supérieur en lui disant d'attendre. Attendre, cinq, dix, quinze minutes quand il ne sait toujours pas pour quelle raison on détient sa famille. Un coup d'œil à sa montre lui indique qu'il est 3 heures 20. Il n'a mis qu'une dizaine de minutes pour se rendre ici. À cette heure-là le matin, les rues sont vides et les feux rouges si faciles à brûler...

Enfin, un homme à la forte moustache le fait entrer dans un petit bureau. Le sergent-détective Caron; il n'est ni jeune, ni vieux, grand, grassouillet et il a l'air fatigué. Devant lui, sur une table, un dossier est ouvert.

— J'ai quelques questions à vous poser, monsieur Daigle. Sur votre fils et sa grand-mère...

— Avant de répondre à quoi que ce soit, j'aimerais bien savoir comment il se fait qu'ils se trouvent ici? Que s'est-il passé?

Le sergent lève les sourcils et examine Jacques de la tête aux pieds, puis il laisse tomber:

— Ils sont les principaux témoins d'une tentative de meurtre. Pour l'instant.

Jacques n'est pas très au courant des affaires policières mais, d'après ce qu'il lit dans les journaux, les principaux témoins deviennent souvent les présumés coupables. De plus, les dernières paroles du policier n'ont rien pour le rassurer.

— Meurtre? Le meurtre de qui?

— Tentative de meurtre, sur un livreur.

— Êtes-vous bien certain qu'ils soient mêlés à cette histoire? Il doit y avoir une erreur!

— C'est mon métier, monsieur, de m'assurer qu'il n'y a pas d'erreur. Et, pour cela, je dois poser des questions et vous devez m'aider en me donnant des réponses.

Jacques n'est pas dupe du ton condescendant et vaguement provocateur de l'officier. Mieux vaut en finir au plus vite.

— Votre fils est âgé de..., commence le policier en consultant ses notes, bientôt seize ans. Quelle heure était-il quand il est allé chez sa grand-mère?

— Un peu avant deux heures.

— Il se fait souvent garder par Mme Jodoin?

— Elle ne le garde pas. À son âge, il est assez grand pour se passer de gardienne. Mais il est vrai qu'il lui rend souvent visite. Il l'aime beaucoup.

— Pourquoi ne pas l'envoyer chez sa mère quand vous vous absentez pour toute une nuit?

— Parce que je suis veuf. Karl n'a jamais connu sa mère.

— Cela a dû vous poser quelques problèmes pour l'élever, seul, sans femme au foyer. Ça ne l'a pas un peu perturbé?

Jacques voit bien où le sergent veut en venir: le portrait type de l'enfant délaissé, mal aimé, recherchant par tous les moyens l'attention qu'on ne lui accorde pas. Le sergent-détective sera déçu.

— Non, pas du tout. J'ai volontairement choisi de ne pas lui imposer une mère qui n'était pas la sienne, pour éviter tout conflit possible. Il n'a pas à supporter les remontrances d'une étrangère. Le jour, il va en classe et le soir, il a un père à temps plein. De plus, il a une grand-mère qui s'occupe de lui comme s'il était son fils.

— Et il réussit bien à l'école?

— Il est ce que les professeurs appellent un enfant talentueux. Excellents résultats scolaires et aucun trouble de comportement. J'en suis très fier, ajoute Jacques pour bien démontrer la confiance qu'il a en son fils.

Le sergent-détective hoche la tête. Il ne tirera rien de ce côté là, le père est convaincu que son fiston est blanc comme neige. Il attaque sur un autre front.

— Votre belle-mère n'est plus très jeune?

— Pas si vieille non plus!

— Mais à son âge, les ennuis de santé sont plus fréquents. Elle n'aurait pas des tendances...

Il cherche ses mots avant de poursuivre:

— À s'endormir un peu partout ou à oublier des choses?

— Pas à ma connaissance. Vous savez, c'est une femme très alerte et autonome physiquement. Si je pensais qu'elle avait le moindre trouble physique, je n'hésiterais pas un instant à la prendre chez moi. Mais comme je viens de vous le dire, elle est en pleine forme et elle a son orgueil.

— Vous la jugez donc entièrement saine d'esprit?

— Parfaitement!

Son ton est net, sec et cassant. Il ne permet pas que l'on mette en doute l'intégrité de la vieille dame.

Le policier feuillette les papiers devant lui, puis termine l'entretien en l'assurant que tous les renseignements concordent.

— Vous pouvez partir avec votre fils et madame Jodoin. Si nous avons besoin d'autres informations, nous vous contacterons.

C'est plus qu'une promesse, c'est une assurance, Jacques le sent bien au ton de sa voix. Le sergent n'est pas satisfait, il reviendra à la charge.

○

Jacques a déposé Marie-Héléna chez elle. Malgré son insistance, elle a refusé de venir passer le reste de la nuit chez lui. D'une voix calme et posée, elle lui a conté toute l'histoire, éclairant enfin son gendre sur les événements de la soirée. Elle semble persuadée qu'il s'agit d'un mauvais tour émanant d'un jeune étourdi. C'est d'ailleurs ce qu'elle a tenté de faire comprendre aux policiers.

Les deux mains sur le volant, il roule lentement. À côté de lui, Karl s'agite. Les quelques heures qu'il vient de passer au poste, ont été pénibles, d'abord à cause des soupçons que les policiers ont fait peser sur lui. Les agents de police et le sergent-détective lui ont posé et reposé les mêmes questions, lui suggérant même les réponses: qu'il était raciste; qu'il avait voulu faire peur au livreur; qu'il faisait partie d'un gang de jeunes aux idées violentes.

Au début, il a cherché à crâner. Certain de son innocence, il voulait s'amuser au dépens des policiers. Jusqu'au moment où le sergent lui a dit:

— Imagine un peu ce qui serait arrivé si ton plan avait marché. L'homme allongé par terre, la tête transpercée par un couteau et le sang qui lui coule sur le visage. Mort, définitivement mort. Un meurtre, ce n'est pas un jeu.

Karl a imaginé un cadavre sur le balcon, mais ce n'était pas celui d'un homme. C'est sa grand-mère qu'il voyait. Personne ne savait qu'ils commanderaient de la pizza ce soir-là. Alors c'est évident, le couteau ne lui était pas destiné. La victime devait être sa grand-mère. Il n'y a qu'elle qui entre et sort régulièrement de la maison.

C'est à cela qu'il pense maintenant.

— Papa, j'ai peur.

— T'inquiète pas. Les policiers ne peuvent rien contre toi.

— Je n'ai pas peur pour moi, mais pour Mamie. Il y a quelqu'un qui veut la tuer. J'en suis sûr.

Jacques freine subitement et range sa Jetta, vieille de déjà trois ans, en bordure du trottoir. Le léger claquement produit par sa voiture et dont il n'a jamais pu identifier l'origine exacte, l'agace. Malgré lui, il songe qu'une visite au garage s'impose.

— Que veux-tu dire par «quelqu'un veut tuer Mamie»? demande-t-il en fixant son fils dans les yeux.

Karl soutient son regard. Leurs visages sont si rapprochés qu'il sent l'haleine de son père. Une haleine qui, pour une fois, ne sent pas la menthe, mais plutôt un vague relent d'alcool, du vin probablement. L'image de son père attablé avec une femme (jolie? désirable!) s'impose à lui. Très vite, il chasse cette image.

— Alors? s'impatiente Jacques.

— Je ne sais pas qui lui veut du mal, commence Karl en revenant à sa grand-mère, mais c'est la deuxième fois.

— Deuxième! Explique-toi!

L'adolescent raconte rapidement l'accident du vieux marguillier. Puis, il sort le petit plomb de sa poche.

— C'est à cause de ça que le bonhomme est tombé.. C'était attaché avec un fil de pêche juste au-dessus d'une marche d'escalier.

— Tu en as parlé aux policiers?

— Non, Mamie ne voulait pas. Elle est convaincue que c'est un enfant qui jouait à la pêche.

— Elle a probablement raison.

— Je pensais comme elle. Avant. Mais deux accidents dans la même semaine, c'est trop.

Jacques ne peut s'empêcher d'être de son avis. Son premier réflexe serait de rassurer son fils, de lui dire qu'il sagit d'une simple coïncidence, d'une mauvaise blague. Non, Karl n'est plus un gamin, ses yeux clairs lisent trop bien sa propre inquiétude.

Lentement, Jacques se retourne vers le volant.

— Qu'est-ce qu'on fait? demande Karl d'une voix hésitante.

Il n'est plus un gamin, mais il attend de son père la ligne de conduite à suivre. Sa fatigue, son anxiété et la nouveauté de cette situation l'empêchent de réfléchir clairement et de décider par lui-même. Jacques lui tapote affectueusement la cuisse.

— On va dormir, fiston. Il ne se passera plus rien cette nuit. La visite des policiers a dû calmer l'ardeur de l'affreux garnement qui s'amuse à effrayer ta grand-mère.

Jacques redémarre, pas tellement rassuré.

6

Réunion de famille

La première fois qu'elle entendit sonner, cela lui sembla venir de loin, de très loin. Comme d'un autre monde auquel elle n'avait pas accès. Et ce n'était pas la sonnerie habituelle. Ça n'avait rien à voir avec le petit coup sec. Non, ça ressemblait à un petit air de musique, comme en font souvent les enfants: TA—TA-TA-TA-TA—TA-TA. Un air familier, maintes fois répétés. Brisée de sommeil, elle avait été incapable de se lever. Sortir de son lit chaud et si confortable avait été au-dessus de ses forces et elle était retournée sans honte dans le monde des rêves.

Mais cette fois-ci, elle ne peut y échapper. C'est bel bien la sonnette de la porte d'entrée. À la hâte, elle enfile une robe de chambre en peluche bleu ciel qu'elle a reçue en cadeau, il y a quatre ou cinq Noëls. Un coup d'œil en passant au cadran de la cuisinière lui indique qu'il est presque onze heures.

Quand elle entre dans le salon, la sonnerie se fait de nouveau entendre. Comme si elle n'avait attendu que ce signal, Choupette se lance mollement en bas du sofa et vient s'enrouler dans les jambes de Marie-Héléna en poussant d'horribles miaulements.

— Tout doux, ma mignonne, dit-elle à sa chatte en tentant de ne pas perdre son équilibre. Je sais, tu as faim, mais une petite minute.

Pour une troisième fois, la sonnerie retentit avec insistance et impatience. En ouvrant la porte, elle est accueillie par un «Tu vas bien Mamie, je commençais à m'inquiéter!». Devant elle, Jacques et Karl lui sourient, malgré leurs yeux cernés. La fatigue rend leurs visages pâles et figés comme s'ils étaient de cire.

— Désolé, on ne voulait pas vous réveiller, s'excuse Jacques mal à l'aise.

— Entrez, entrez, vous aller déjeuner avec moi.

Sans attendre la réponse, elle s'empresse vers la cuisine où elle branche la bouilloire, sort pain, confitures, café, lait. Enfin, tout ce qu'il faut pour bien commencer la journée, même pour la chatte qui ronronne de bonheur. La vieille dame est en pleine forme, cette grasse matinée lui a permis de récupérer les heures de sommeil ratées de la nuit dernière. Elle a l'impression d'avoir dormi comme un enfant au berceau.

Karl se laisse tomber sur une chaise et dépose, d'un geste manquant visiblement d'énergie, une lettre sur la table à manger, en annonçant:

— Ton courrier, je crois que c'est ta pension.

L'enveloppe brune à la main, elle se dirige vers son calendrier dont elle tourne une page. Le temps des chèques marque le début de chaque mois et est régulièrement annoncé par le facteur et son carillon légèrement impoli. Celui-là même qui l'a à peine troublée ce matin dans son sommeil. Elle a ainsi évité les blagues idiotes que le facteur se sent obligé de lui dire à chaque fois qu'il lui remet son courrier en main propre.

Au moment où Karl croque à belles dents dans son pain grillé généreusement tartiné et que Jacques avale prudemment sa première gorgée de café bouillant, elle demande joyeusement:

— Eh bien! Que me vaut cette visite matinale?

Un peu pour retarder sa réponse, beaucoup pour ne pas se brûler, Jacques tourne dans sa bouche le liquide chaud et sucré, potion magique du matin qui éveille les sens et l'esprit. Karl, plus rapide, plus direct, plus gaffeur peut-être, sans chercher les mots qu'il faudrait, lance le plomb sur la table:

— Ça!

Les sourcils de Marie-Héléna se dressent en accents circonflexes. Elle pince les lèvres, puis les ouvre en claquant de la langue.

— Karl, mon garçon, tu me déçois!

L'adolescent sait bien que ces trois petits mots «Karl, mon garçon» annoncent la désapprobation de sa grand-mère. Il va avoir droit à un discours. D'accord, c'était un secret entre elle et lui. Mais en situation de danger, il faut savoir faire bon usage des informations privilégiées. Ce qui implique qu'il faut parfois mettre quelqu'un d'autre dans la confidence. Maladroitement, mais avec tellement de tendresse, il lui explique à quel point il est inquiet pour elle.

Prenant sa défense, Jacques ajoute:

— Karl a bien fait de m'en parler. Il y a peut-être plus de danger que vous ne voulez le croire.

— Tout comme il est fort probable que ce ne soit qu'un jouet d'enfant oublié par distraction.

— Possible, admet Jacques à contrecœur, mais le coup du couteau de cuisine n'a rien d'un jeu. Admettez-le. À vous regarder agir, on croirait que rien ne vous menace. Pourtant, c'est ici, devant votre porte que ça c'est produit. Je ne comprends pas votre calme.

— C'est tout simplement que je suis convaincue qu'on ne veut pas me faire mal. M'intimider, à la rigueur, mais pas me blesser.

— Mais, Mamie, s'exclame Karl, si le couteau t'avait défoncé le crâne, tu serais morte!

— Pauvre enfant, un crâne c'est très résistant. Ça prend tout un coup pour le défoncer. On ne t'a pas appris cela en biologie? J'ai l'impression que celui qui a placé le couteau l'ignorait aussi.

— Mais vous auriez pu être gravement blessée, très gravement, reprend Jacques.

Marie-Héléna sourit et leur fait signe de la suivre. Près de l'entrée, elle explique:

— Au moment où j'ouvre la porte, le fil de nylon vissé à l'extérieur tire sur la fourchette qui était glissée dans la lampe du plafond de la galerie. Cela libère le couteau qui était retenu entre les dents de la fourchette. En un instant, la lame se plante par terre à une distance d'environ un pied et demi, deux pieds de la porte.

— Oui, Mamie, je le sais déjà, s'impatiente l'adolescent. C'est moi qui a ouvert la porte.

— C'est moi qui ai, pas qui a, rectifie sa grand-mère. Moi, première personne du singulier...

— D'accord intervient Jacques, impatienté par une migraine qui l'agresse depuis son réveil. À quoi voulez-vous en venir, Mamie?

— C'est l'évidence même. La personne qui ouvre la porte de l'intérieur n'est pas dans la ligne suivie par le couteau. Karl en est la preuve vivante. Regardez, poursuit-elle devant leur air incrédule, j'ouvre la porte et le couteau est déjà tombé, avant que je ne fasse un seul mouvement pour sortir.

Jacques approuve de la tête, mais reprend:

— Vous marquez un point, mais il est possible que celui qui a fait le coup, n'y ait pas pensé.

— Ça m'étonnerait, fait-elle en souriant. S'il a été assez ingénieux pour monter ce système-là, il a sûrement dû calculer le point de chute. Évidemment, en supposant qu'il voulait vraiment tuer quelqu'un, il ignorait que, pour qu'un coup de couteau soit efficace, il doit être planté au bon endroit, pas sur le dessus du crâne.

À demi rassuré, Karl ouvre et ferme la porte à plusieurs reprises, comme pour vérifier les affirmations de sa grand-mère, pendant que celle-ci et son père retournent à la cuisine.

— Ce qui m'embête le plus, c'est qu'on s'est servi de votre couteau de cuisine, dit Jacques après quelques instants de réflexion.

— Moi, non, j'ai dû mal m'expliquer hier soir. Ce n'était pas mon couteau à viande, mais un couteau semblable à celui que j'ai acheté il y a quelques semaines, aux Galeries. Tout comme la fourchette, d'ailleurs. Il y avait une vente d'articles de cuisine. Je ne dois pas être la seule à m'en être procuré. Si tu avais vu le nombre de personnes au magasin, c'était...

L'homme pose doucement sa main sur celle de sa belle-mère et dit gentiment:

— Mamie, vous vous éloignez du sujet. L'important pour Karl et moi, c'est qu'il ne vous arrive rien de fâcheux. Je crois que je vais retourner voir les policiers pour exiger une plus grande surveillance dans votre rue.

La vieille dame a des gestes hésitants avant d'avouer, embêtée:

— Le problème avec les policiers, c'est qu'ils soupçonnent quelqu'un de la maison d'avoir fait le coup.

— C'est ridicule, s'écrie Jacques, ils ne peuvent quand même pas vous accuser de vouloir tuer ou blesser quelqu'un.

Elle hausse les épaules et pointe du coin de l'œil, l'adolescent qui, revenu vers la cuisine, est accoté sur le cadre de porte. Jacques serre les poings et marmonne entre ses dents:

— Ils ne vont pas se mettre à l'embêter avec les mauvais coups des délinquants.

Karl, qui jusque-là était resté silencieux, prend brusquement la parole pour annoncer:

— Y'a qu'une seule chose à faire, trouver nous-même le coupable.

Une telle perspective fait sourire son père. Il lui envie l'assurance et les illusions de sa jeunesse. Ses yeux annoncent un désir de bataille et de victoire nullement entaché de quelques hésitations que ce soit. Jacques sent une bouffée d'amour et de fierté monter en lui. Pour un peu, il donnerait à son fils un baiser sonore, comme il lui en donnait petit enfant. Maintenant, il a grandi, il risquerait de mal réagir à cette marque d'affection.

Prenant son rôle au sérieux, Karl continue:

— Les indices que nous possédons sont ceux-ci: notre...

Le mot tueur lui semblant trop dramatique, il en cherche un autre plus approprié. Agresseur, mauvais plaisantin, il hésite avant de choisir.

— Primo, notre affreux Jojo, a acheté sa coutellerie au même endroit que Mamie, donc il magasine aux Galeries. Pouvons-nous en conclure qu'il habite dans le secteur?

— Tout à fait logique, se moque gentiment sa grand-mère.

— Secundo, il aime la pêche, à preuve le fil de nylon sur la porte pour attacher la fourchette, identique à celui accroché au plomb.

— Je ne suis pas d'accord. La chute de monsieur Labonté était accidentelle. Aucun rapport avec notre histoire.

— Pourtant, dans les deux cas, le fil de nylon...

— Il n'est même pas certain que ce soit à cause du fil de pêche. Il a très bien pu tomber tout seul...

Lentement et péniblement, Jacques se lève et s'approche de l'évier de cuisine. Il cherche dans les poches de son veston, la petite boîte plate contenant les comprimés destinés à faire disparaître le martèlement qui assaille sa tête. C'est la deuxième dose qu'il prend depuis ce matin. Il sait bien qu'il sera trop étourdi pour travailler convenablement cet après-midi, mais ce sera sûrement mieux qu'avec ce mal de bloc.

Pendant que Mamie et Karl discutent derrière lui, il avale un grand verre d'eau. Attirée par le bruit, la chatte saute sur le comptoir et, de son museau rose, flaire avec précaution le robinet. Comprenant son désir, Jacques laisse couler un mince filet d'eau qu'elle lape goulûment.

Par la fenêtre, il regarde l'épaisse couche grise des nuages qui abaisse le plafond du ciel. Aucun doute, lui aussi va bientôt se mettre à couler, sans que personne ne puisse l'arrêter.

— Bon! Je vous laisse, dit-il en se retournant. J'ai du travail qui m'attend au bureau.

Son fils et sa belle-mère le raccompagnent à la porte. Quand il met le pied sur la première marche, de grosses gouttes froides l'accueillent. Il hésite en jetant un regard désolé sur l'escalier. Puis il pense à voix haute:

— C'est tout de même bizarre que votre bonhomme ne se soit pas accroché dans le fil de pêche en montant les marches.

— Probablement parce le fil était déjà cassé avant la visite du marguillier, explique Marie-Héléna qui a réponse à tout.

Jacques chasse cette idée, rentre la tête dans les épaules pour éviter la douche et descend rapidement vers sa voiture. Derrière le battement des essuie-glace, il imagine ses plans d'arpenteur-géomètre sagement accumulés sur son bureau et qui n'attendent que son bon vouloir.

De son côté, Marie-Héléna referme sa porte en songeant que la chasse aux champignons est à l'eau, à moins d'aller à la pêche.

7

Au nom du père et du fils

D'un geste rageur, il plaque le combiné sur le téléphone et reprend le journal entre ses mains pour le lire de nouveau. Le titre de l'article, qui n'est qu'un simple entrefilet, avait tout de suite attiré son attention lors d'un premier survol de ce petit hebdo local: «UN COUTEAU À VIANDE ATTAQUE SAUVAGEMENT UNE PIZZA.»

Plutôt tape-à-l'œil comme entrée en matière, le journaliste qui devait être fier de sa trouvaille, poursuivait sur le même ton: «Tombant du ciel, on ne sait trop comment, un livreur de pizza a eu la mauvaise surprise de voir sa livraison pourfendue par un couteau de boucher.»

Il dut reprendre le texte trois fois avant de comprendre que c'était le couteau et non pas le livreur qui était tombé du ciel. (À trop rechercher le sensationnalisme, le brillant reporter en oubliait d'être clair.) Mais ce qui avait surtout retenu son attention, c'était le nom de la cliente: Jodoin.

Avec une telle histoire, il était certain que cette fois, elle y passerait. Aucun doute possible dans son esprit, la coupable c'était elle. Pourtant d'après le journal, elle est encore libre. En bon Samaritain, il s'est empressé d'appeler les policiers pour leur communiquer des informations pertinentes sur cette «dame». Appel infructueux: on ne semble pas le croire.

— Maudite marde! Y sont ben sans-desseins. C'est pourtant facile à comprendre. A s'amuse à vouloir tuer le monde. Va-tu falloir qu'y en aie un qui meure pour faire quèque chose? Va-tu falloir que j'm'en occupe moi-même?

Ces paroles étant prononcées avec tant d'ardeur, il se sent obligé de les exécuter. Comme un ordre émanant d'un général d'armée. Il enfile son imperméable en vinyle gris charbon et, par la fenêtre, jette un regard inquisiteur au ciel d'une teinte à peine plus pâle que son manteau. Pleuvera? Pleuvera pas?

Il parie sur cette dernière possibilité et délaisse son parapluie. Il pleut depuis deux jours, c'est bien suffisant. Il claque fermement la porte derrière lui, mais sans rage. Non, il se sent plutôt envahi d'une étrange autorité. Il s'est, lui-même, délégué au titre de justicier de son père. Après tout, on ne s'attaque pas à un Labonté sans que toute la famille ne le défende. Et comme la famille Labonté se résume au père et au fils... C'est donc à lui de porter le flambeau de la vengeance.

D'un pas décidé, il traverse les rues et les avenues menant chez la malfaisante. Arrivé sur place, il passe une, deux, trois fois devant la maison. S'étant ainsi assuré que personne ne le surveille, il se glisse dans le passage menant à la cour. Là, caché sous l'escalier, il commence sa surveillance.

La rue est tranquille et silencieuse, trop silencieuse. Il n'y a pas de voitures filant à toute allure, il n'entend pas un seul rire d'enfants, pas plus que les cris d'une mère en colère contre sa progéniture. Ce n'est pas normal de vivre dans un quartier où il n'y a personne, sur les balcons ou sur le trottoir, à jaser et commérer. C'est une invitation au vice et aux mauvaises actions. La sauvegarde de la moralité passe obligatoirement par la surveillance indiscrète des voisins attentifs au bien-être de la communauté. Ça, Georges Jr Labonté en est convaincu. Il en apprécie davantage le secteur populeux et populaire qu'il habite.

Il jette un coup d'œil à sa montre (10 heures 52) et, retenant mal un frisson, il remet rapidement la main dans sa poche. Il gèle. Combien fait-il?

«Six ou sept degrés qu'il disait à la radio ce matin. Ça fait quoi en Fahrenheit, déjà? peste-t-il contre le nouveau système. Comme si on avait besoin de ça, changer nos verges en mètres. Sale temps, y fait plus frette avec leurs Celsius.»

Il sautille d'un pied à l'autre, se frappe les coudes sur le corps, hausse les épaules pour se cacher les oreilles. Toujours rien, la petite vieille ne donne aucun signe de vie. Il pense, désappointé, que si elle ne fait pas quelque chose, il sera venu ici pour rien. Non, pas pour rien.

Une idée subite, tenant plus de l'instinct que de la réflexion, le pousse à l'action. Avec des mouvements de fouine, il grimpe l'escalier à la recherche d'une preuve incriminante. Marche par marche, il scrute des yeux et des mains. L'inspection se révèle vaine.

«Os de tab! Est maligne en pas pour rire. C'est sûr qu'elle a effacé toutes les traces. Pis le couteau, d'ousqu'y a ben pu tomber?»

Oubliant toute prudence, il monte sur le balcon et, le nez en l'air, il tente d'imaginer la fourchette installée dans l'abat-jour en fer forgé. Réalisant soudain qu'il n'est plus à l'abri des regards, il se hâte vers le bas et réintègre sa cachette. Une main sur la poitrine, il attend que son cœur cesse de battre à tout rompre et que sa respiration redevienne normale.

Rassuré par le calme qui règne aux alentours, il poursuit ses recherches. Du bout de ses souliers mouillés, il frotte l'herbe humide qui ne recèle rien de particulier. Dans la cour, peut-être aura-t-il plus de chance? Sa tête passe juste sous les branches du chêne revêtues de jeunes feuilles au vert tendre. Il pousse la clôture en bois et longe le mur de briques.

Ici, il est à découvert. Il trottine en vitesse vers une vieille remise en bois dont la porte est entrebâillée. À l'intérieur, une odeur de renfermé et de poussière le prend au nez. Sur une tablette, il y a des outils, dans un coin, des pots de peinture aux coulisses blanches ou jaunes; de l'autre côté, quelques boîtes, dont une porte l'inscription «Noël». Dans tout ce bric-à-brac, habituel, il n'y a aucune piste sérieuse.

Il sort déçu et rebrousse chemin. Un bruit attire son attention. C'est celui d'une bicyclette qui roule dans la rue. Il se tasse derrière la maison, son gros ventre écrasé sur le mur. Le bruit se rapproche. Inquiet, il risque un regard dans le passage entre les deux maisons.

— Maudit! C'est elle, marmonne-t-il entre ses dents.

Marie-Héléna descend de son vélo et le pousse résolument vers la cour. Sans attendre, Georges Jr se précipite sur le côté de la remise. Là, il voit une brèche dans la haie qui délimite les terrains. Il s'y engouffre et se retrouve coincé entre deux piles de bois de chauffage. Immobile, il écoute la vieille dame qui range sa bicyclette et referme la porte de la petite cabane. Il attend quelques minutes et se décide enfin à revenir lentement sur ses pas.

Il réalise que sa présence pourrait paraître suspecte et s'éloigne en vitesse. Mais il n'abandonne pas pour autant la partie. Demain, il reviendra. Plus tôt et avec sa vieille bécane. Pour aujourd'hui, c'est terminé. De toute façon, il recommence à pleuvoir.

○

Margo s'approche de sa fenêtre de cuisine. Ses yeux ne l'ont pas trompée, il y a bel et bien quelqu'un sous l'escalier de son amie. Un homme, gros, coincé dans un imperméable de plastique gris, semble faire le guet. Elle ne le connaît pas, mais il a pourtant une allure familière.

Qu'est-ce qu'il peut bien faire là? Le voilà maintenant qui rampe dans l'escalier. Elle l'observe pendant un moment avant de bouger. Elle prend le téléphone noir d'un modèle traditionnel et compose vivement le numéro. Elle laisse sonner trois, quatre, cinq coups avant de raccrocher. Marie-Héléna est probablement sortie, comme à son habitude; elle se promène beaucoup.

La vieille fille retourne derrière le rideau. L'escalier est vide. Après quelques instants de recherche, elle revoit l'intrus entre les deux maisons. Peut-être est-ce un voleur? Pourtant son visage ne lui est pas inconnu. Elle retourne au téléphone. Il lui faut prévenir la police.

Quand elle raccroche, elle s'installe de nouveau à la fenêtre. L'homme se dirige vers la remise et lève la tête durant quelques secondes. Margo blêmit. Elle croit avoir reconnu le visiteur. Les mêmes traits que son père. Elle se demande si elle a bien fait d'appeler les policiers. Il ne s'agit pas d'un malfaiteur quoique... son attitude est bizarre. Il n'y a pas de doute, il s'efforce de ne pas être vu.

Elle se mord les lèvres, indécise, réfléchit à cette visite inopportune et se dit finalement que ce n'est pas une mauvaise chose. Son coup de téléphone peut permettre de disculper son amie aux yeux des autorités. S'il y a un rôdeur dans le coin, il est évident que c'est lui le coupable...

8

Tu me fais suer

Le nez en direction de la fenêtre et du bleu du ciel, Karl jongle avec ses pensées. Il ne porte aucune attention aux explications de monsieur Ménard qui s'applique à mettre en relief les différences entre le produit cartésien de trois ensembles et le diagramme à branches.

«Élémentaire, comme dirait Mamie, mais tellement buzzant», songe l'adolescent pour clore l'exposé. L'esprit allégé par cette conclusion, il se concentre sur «son» problème qui ne tient pas des mathématiques, mais de la physique.

Comment faire pour ne pas accrocher quand on monte, mais seulement en redescendant, une corde placée en travers d'une marche? S'il parvient à trouver une réponse cohérente à cela, la preuve sera faite que les deux incidents sont reliés. Deux tentatives de meurtre!

Pour clarifier ses idées, il griffonne un escalier au verso de son examen de mathématiques. Il dessine la corde dans différentes positions, cachée sous une marche ou couchée sur une autre. Ce qui l'embête, c'est le plomb. Définitivement trop petit pour être assuré qu'un pied va l'atteindre. Il efface, recommence son croquis. Ça ne fonctionne pas plus. Il est pourtant convaincu d'avoir raison.

— Pssst! Pssst! insiste une voix derrière lui.

Après un bref regard sur monsieur Ménard, il tourne lentement la tête. Sa voisine de dos, la grosse Annie, lui tend un bout de papier savamment plié.

— Fait passer, chuchote-t-elle en souriant.

Sans avoir à l'ouvrir, Karl reconnaît la facture de la missive. Elle émane de D.J., le cancre numéro un de la classe. Gros bras, petite tête, il est la terreur de la poly. Enfin, c'est ce qu'il prétend, mais il est d'une telle nullité... désolant!

Poussée par la curiosité (qu'a-t-il encore pu inventer comme niaiserie?), l'adolescent déplie le message. Il s'agit d'un dessin, vaguement porno. Un homme nu, au sexe démesuré (évidemment), est pendu au-dessus d'une flaque de ce que Mamie appellerait la semence de la vie.

Trouvant cela carrément dégueulasse et nullement amusant, Karl chiffonne le papier et d'un coup de pouce bien placé, l'envoie directement sur le tableau à quelques centimètres du professeur. Celui-ci jette un coup d'œil étonné sur l'objet volant qui a rebondi par terre.

Les étudiants qui avaient déjà pris connaissance de cette œuvre d'art et qui en suivaient la lente progression pouffent de rire. Les autres, attirés par cette distraction inattendue, se tordent le cou pour apercevoir la cause du délit. D.J. rage dans son coin et se jure bien d'étouffer le chromé qui lui a fait ça. Karl suce son crayon pour cacher sa satisfaction. Un à zéro pour lui.

Sans dire un mot, monsieur Ménard observe chacun de ses élèves et évalue leur culpabilité respective. Puis, il ramasse la boule de papier et la glisse dans sa poche.

Ensuite, il demande à D.J. de venir au tableau, terminer le diagramme ébauché.

L'interpellé se lève. Quand il passe près de Karl, il lui montre discrètement son poing et lui marmonne:

— J'va te bûcher, à midi!

Patient, Karl attend que le professeur lui tourne le dos et que D.J. le regarde pour répondre avec les lèvres:

— Tu me fais suer!

D.J. plisse les yeux avec haine et retrousse les babines, prêt à mordre. M. Ménard s'impatiente:

— Tu n'as pas l'air de savoir quoi écrire.

La réponse fuse hors de la bouche du cancre:

— Non, je l'sais pas, tabarnac. Pis, j'm'en câlisse!

Le front appuyé sur son pupitre, Karl rit silencieusement. L'idiot est tombé tête première dans le piège. Un vrai jouet à remontoir, tu tournes le ressort et il s'énerve tout seul. Plus débile que ça, tu meurs.

La cloche sonne, permettant à tous, sauf au coupable, de s'éclipser. Karl est déjà loin quand il l'accuse et tente de faire retomber ses fautes sur lui.

Karl ricane (ça lui apprendra à jouer au pendu). Sa réflexion le ramène au dessin de l'escalier. Il s'arrête pile au milieu du corridor et de la cohue des jeunes qui se hâtent pour le prochain cours. Dans sa tête, il revoit la corde et le liquide dessiné juste en dessous. Une autre image se superpose à celle-ci. Un croquis fait à la hâte à l'époque de son primaire: celle d'un autre pendu avec une tache sous lui.

— J'ai compris! J'ai compris! murmure-t-il dans un souffle de joie.

Abandonnant l'école et ses travaux, il court vers la sortie. Un chaud soleil de mai l'accueille à l'extérieur, lui prouvant, encore une fois, que les journées se suivent mais ne se ressemblent pas. Il libère la chaîne retenant son vélo à la clôture de métal.

Tout en pédalant, il se dit qu'il la tient, sa preuve. Il va pouvoir démontrer à sa grand-mère qu'il a raison. Il accélère et tourne dans une rue qui s'étire devant lui jusqu'à l'horizon. Il ne voit que de rares voitures stationnées d'un côté. C'est une rue plutôt tranquille bordée d'arbres qui s'agitent doucement sous le vent.

— Tiens! C'est Mamie.

En effet, à plus d'un coin de rue, une bicyclette s'engage sur l'asphalte. C'est sa grand-mère qui part pour sa randonnée quotidienne. Karl n'est pas inquiet, il est plus rapide qu'elle et aura tôt fait de la rattraper. Il change de vitesse et pousse sur ses pédales.

Il lève la tête pour calculer s'il gagne du terrain et aperçoit entre lui et Mamie, une autre bicyclette montée par un gros bonhomme. Quand sa grand-mère change de rue, l'homme fait de même. Karl se hâte pour ne pas la perdre de vue. Il tourne à droite, mais elle n'est pas là. Il s'arrête au stop suivant et en regardant vers la gauche, l'aperçoit plus bas sur l'avenue.

Elle s'est arrêtée pour replacer l'anneau de métal qui retient le bas de son pantalon. L'homme aussi est arrêté et semble se cacher derrière un camion. Quand elle repart, il reprend sa route.

Aucun doute dans l'esprit de Karl, un gros lard file sa grand-mère. La tête pleine de suppositions, l'adolescent avance lentement derrière eux. S'agit-il d'un policier en civil? Non, il fait peut-être le poids, mais il est bien trop petit pour être un policier. Alors, c'est peut-être? oui, ce ne peut être que lui, le coupable!

La journée se révèle fructueuse: mettre la main au collet de l'agresseur, découvrir comment il a fait son premier coup et, en prime, avoir réussi à embêter son ennemi naturel, D.J.

Karl exulte et, plein d'ardeur, se rapproche dangereusement du suiveur suivi. Il réalise juste à temps qu'il doit passer inaper-

çu et ralentit avant que l'homme ne s'aperçoive de sa présence. Silencieux et prudent,
il reste attentif aux moindres mouvements
de l'inconnu.

○

Le nez en l'air, les mains agrippées sur
le guidon, un sac à dos accroché à ses
épaules, Marie-Héléna respire à pleins
poumons. Depuis longtemps, elle en rêvait
de sa balade au bord du lac Saint-Louis. En
descendant la côte de la 25ᵉ avenue, elle
aperçoit une infime portion de cette vaste
étendue d'eau. Un bref arrêt au coin de la
rue et elle tourne à gauche sur le boulevard
Saint-Joseph qui longe le lac. Les voitures la
dépassent en la frôlant de trop près à son
goût.

Pour mettre un terme à ce danger, elle
roule dans le stationnement de l'hôpital pour
malades chroniques et emprunte le petit
pont de la promenade du Père-Marquette.
C'est comme si elle venait de pénétrer dans
un autre monde. Les voitures sont de l'autre
côté du canal loin d'elle et de son île de
verdure transformée en parc. La piste cyclable se faufile entre les buissons d'églantiers

bourgeonnant, des statues modernes, des pavillons en pierre des champs et des bancs pour les flâneurs. Elle fait une halte pour observer la marina qui s'avance dans l'eau, parallèle à son sentier.

Elle repart et à chaque bifurcation, elle choisit le chemin de droite qui est le plus près du lac Saint-Louis. Elle passe derrière le kiosque du Père-Marquette, puis se rapproche du monument ressemblant à une petite tour de pierres qu'elle contourne par la gauche. Elle descend de sa bicyclette pour en lire la plaque commémorative.

— Mamie, Mamie, atten..., crie une voix derrière elle.

En se retournant, elle a à peine le temps d'entrevoir un jeune qui file en vélo sur le boulevard Saint-Joseph de l'autre côté du canal.

— Mais! c'est Karl! Qu'est-ce qu'il fait ici à cette heure-là? s'exclame-t-elle.

○

Pas très à l'aise sur l'antique bicyclette de son père, Georges Jr Labonté pédale de son mieux. Quand il voit la vieille dame s'engager sur la piste cyclable, il pousse un soupir de soulagement. Vraiment, la rue c'est trop dangereux pour les cyclistes.

L'île n'est pas très large et bordée sur presque toute sa longueur de deux sentiers à peu près parallèles reliés à plusieurs endroits par des petites pistes secondaires. Voilà qui est parfait pour une filature. La vieille suit le chemin de droite, il prend celui de gauche tout en ayant garde de rester en dehors de son champ de vision.

Tout va bien. Pour l'instant, elle ne s'intéresse qu'à l'eau, donc elle ne regarde pas de son côté. Quand elle s'arrête, il fait de même. Il imite tous ses gestes. Elle va bien finir par faire quelque chose de répréhensible et lui il sera là pour...

À dire vrai, il ne sait pas réellement ce qu'il compte faire. L'empêcher de commettre une mauvaise action ou assister en spectateur muet à un délit quelconque pour en témoigner plus tard? Il songe à regret, qu'il aurait dû apporter son appareil-photo, avec ça la preuve aurait été irréfutable.

À chaque fois qu'elle croise quelqu'un, il s'attend au pire. Il est plutôt déçu de l'indifférence qu'elle porte aux promeneurs. En passant devant le kiosque du Père-Marquette, il la perd de vue pour quelques instants. Puis, il continue en direction du monument.

C'est là que l'imprévisible se produit, elle bifurque vers le canal et revient dans sa direction.

— Maudite marde! A m'a vu, marmonne-t-il apeuré.

Il ne fait ni une, ni deux, et pique vers le sentier longeant le lac. Il ne pense pas un seul instant à rebrousser chemin, mais il continue vers l'est. Quand il croise la piste donnant sur le petit pont vis-à-vis de la 15e avenue, il y voit un jeune énergumène en vélo qui crie après lui:

— Sale maniaque, arrête de suivre ma grand-mère. Tu vas voir, je vais t'arranger le portrait, mon...

Nullement intéressé à connaître la suite de ce discours, le gros Georges Jr poursuit sa route en direction du Musée de la fourrure.

○

Quand sa grand-mère et l'affreux bonhomme ont emprunté la promenade du Père-Marquette, Karl a préféré rester sur le boulevard Saint-Joseph. Ignorant les voitures qui roulent près de lui, il n'a d'yeux que pour ce qui se passe de l'autre côté du canal.

Il voit bien le manège du vilain curieux qui n'a pas encore remarqué sa présence. Il voit bien parce qu'aucune maison ne bloque sa vue. En effet, il n'y a qu'un trottoir qui le sépare du canal. Il n'aurait pu choisir meilleur poste d'observation.

Les mains sur les freins, il tente de ne pas dépasser le gros bonhomme. Il ralentit considérablement à chaque fois que l'inconnu s'arrête. Il n'emprunte pas le petit pont enjambant le canal près du kiosque du Père-Marquette et continue de les filer à distance.

Mais quand il arrive à la hauteur de la petite tour, il réalise vite que sa grand-mère risque de se trouver nez à nez avec l'homme. Il accélère, pousse un grand cri pour la prévenir et se précipite sur le pont suivant dans l'espoir d'empêcher le pire.

En voyant le maniaque passer sous son nez, il s'empresse de lui dire sa façon de penser et le poursuit en direction de l'autre bout de l'île. L'homme passe à droite du Musée de la fourrure, il le coupera donc par la gauche. Les yeux rivés sur sa roue avant, il fonce à vive allure, longe la façade ouest de cette maison du siècle dernier. Le sentier tourne à 90 degrés devant le musée, et se transforme en marches de bois menant à un petit balcon.

Karl freine, bifurque, mais ne peut éviter la chute. Il est ébranlé pendant quelques secondes. En se relevant, il constate qu'il a déchiré son jean. Son genou est sensible, mais ce n'est rien de grave. Et son fou, où est-il?

Il remonte sur son vélo et revient derrière le musée. Un long regard à l'est lui prouve que l'oiseau s'est envolé. Envolé, pas vraiment! Karl sait que le sentier passe par l'île Monk avant de revenir au boulevard Saint-Joseph. En prenant tout de suite le petit pont qui saute le canal à côté du musée, il pourra peut-être le coincer.

Rapidement, il se dirige vers le boulevard. À cet endroit, il y a une rangée de maisons alignées en bordure du canal, qui bloquent sa vision de la piste cyclable. Qu'importe, il se hâte et s'engouffre sur le pont de l'île Monk. Il contourne un petit pavillon avant d'atteindre la passerelle à dos rond qui le ramène sur la promenade.

Il est là, lui faisant face! Georges Jr l'aperçoit et change de direction avec une rapidité surprenante. Il revient jusqu'au musée où il traverse le canal. Sans regarder, il fonce dans la rue. Une voiture l'évite de justesse. Encore sur la promenade, Karl ne peut le voir, mais entend un coup de klaxon qui lui signale la position de l'ennemi. Malheureusement, il arrive trop tard. Les voitures roulent normalement et aucune trace du gros homme. Il patrouille en vain le secteur pendant quelques minutes. Il rebrousse alors chemin pour rejoindre sa grand-mère. En approchant de la tour, il voit l'homme qui s'enfuit dans la 15e avenue.

— Le salaud! s'écrie Karl. Il a essayé de me semer pour revenir sur ses pas.

Un instant, il est tenté de le suivre, mais sa douleur au genou et sa grand-mère qui l'attend le font changer d'idée.

— Dans quel état t'es-tu mis! s'exclame Marie-Héléna en l'accueillant avec des yeux sévères. Peux-tu m'expliquer ce que tu fais ici, au lieu d'être à l'école?

Sans prêter attention à la question, Karl lui parle de l'homme qui la suivait depuis déjà un bon bout de temps..

— Un gros bonhomme, pas très grand, sur une vieille bécane et qui vient juste de se sauver par là, explique-t-il à sa grand-mère.

— Ce monsieur s'appelle Georges Jr Labonté. Je doute fort qu'il soit un maniaque, comme tu l'as dis.

— Tu le connais? demande Karl, inquiet d'avoir commis un impair.

— Pas personnellement. C'est le fils de l'homme qui est tombé dans mon escalier la semaine dernière. Il n'avait pas tellement apprécié la chute de son père.

— Quoi? Il était en colère contre toi?

— Colère est un mot trop faible, en furie serait plus exact.

— Alors, ça se tient, lance-t-il avec un sourire qui s'efface aussitôt quand il continue sa réflexion. Non, ça n'a pas rapport!

— Pardon?

— Ha! C'est tout mêlé dans ma tête. Je pensais avoir trouvé quelque chose, mais là ça ne colle plus.

— Si tu veux mettre de l'ordre dans tes idées, commençons par le début, lui dit-elle en s'assoyant sur l'estrade de ciment encerclant la tour.

Karl fait de même et sort de sa poche une feuille de papier pliée en quatre et un crayon à mine rogné par l'usage. Marie-Héléna jette un coup d'œil au verso et constate, avec une certaine fierté, qu'il s'agit d'un examen de mathématiques portant la note 91%. Oui, il peut bien se permettre une avant-midi de congé.

— J'ai trouvé, commence l'adolescent, j'ai trouvé comment faire tomber quelqu'un dans un escalier sans que ça paraisse.

— Vraiment?

— Oui, regarde, explique-t-il en traçant des lignes sur la feuille. Là, ce sont les marches avec les barreaux de la rampe d'escalier. Ça, c'est une corde que j'attache à un barreau. Je la laisse traîner mollement sur une marche. Puis, la corde remonte au-dessus de la tige de fer qui retient tous les barreaux par le bas. Tu me suis?

— Parfaitement. Continue.

— Ensuite, on prend la corde et, en passant sous l'escalier, on la monte non d'une, mais de deux marches. C'est là que la corde finit avec le plomb attaché à son extrémité bien déposé au centre de la marche. Quand quelqu'un monte, il donne un coup de pied sur le plomb qui tombe dans le vide, ce qui tend la corde. Quand il redescend, il s'accroche dans la corde et déboule. Brillant! N'est-ce pas?

Il arbore un sourire triomphant. Marie-Héléna est plutôt sceptique. Trop de points sont encore obscurs.

— Pourquoi deux marches plus haut? Une serait suffisant.

— Non, parce que si c'était deux marches qui se suivent, au moment où il pousserait le plomb avec un pied, il aurait l'autre pied sur la corde et il sentirait le choc quand elle se tenderait. Tu m'as dit que ton escalier était plein de neige. Voilà qui était parfait pour cacher le fil de pêche.

— Pour cela, je suis d'accord, admet-elle, mais un plomb, c'est trop petit pour être certain que quelqu'un va le pousser avec son pied, alors...

— Je sais, l'interrompt-il, ça m'a pris du temps à trouver la solution, mais je l'ai. Grâce au dessin du pendu.

Elle le regarde avec de grands yeux remplis de surprise. Quel pendu? Il rit et lui pose une devinette.

— Comment un homme a-t-il fait pour se pendre seul à la lampe du plafond, si on ne retrouve aucun meuble dans la pièce, mais une simple flaque d'eau sous lui?

— Il était grimpé sur un cube de glace et a attendu qu'il fonde, répond Marie-Héléna qui connaît bien cette blague enfantine. De la glace!

— Oui, le plomb était dans un gros bloc de glace qui a fondu par la suite. Génial, non?

— Un peu trop pour que cela soit vrai, dit sa grand-mère en se relevant et en poussant sa bicyclette jusqu'à un banc de bois plus confortable pour ses vieux os.

Karl n'est pas seulement déçu de l'incrédulité de Mamie, il est choqué, insulté.

— Ça m'apprendra à fournir autant d'efforts pour résoudre une énigme. Et le gros qui te suivait, ce n'est rien, ça? Et le couteau qui a failli tuer le livreur de pizza? Il y a des jours où je ne te comprends pas, Mamie! Tu attends quoi pour réagir, d'être rendue au cimetière?

— Karl, mon garçon, surveille un peu ton langage. Je comprends que toute cette situation t'énerve, mais prends sur toi!

— Ce qui m'énerve, c'est que tu ne me croies pas. Je m'épuise les méninges à comprendre le comment et le pourquoi, pour rien.

— Le comment est très ingénieux. C'est le pourquoi qui me laisse perplexe, et le qui. En effet, qui est la victime, moi ou quelqu'un d'autre?

— Ça c'est une idée super! La victime devait être le père Labonté et c'est le fils Labonté qui est l'assassin. Pour que cela ne retombe pas sur lui, il place un deuxième piège qui ne devait pas te faire de mal, mais te rendre coupable aux yeux des policiers. Oui, c'est sûrement ça.

Marie-Héléna rit doucement de son petit-fils. Elle lui tend un muffin aux carottes qu'elle a sorti de son sac pendant qu'il parlait. Elle prend une bouchée dans un autre muffin avant de lui objecter.

— Si c'est exact, pourquoi veut-il tuer son père?

— Je ne sais pas, pour hériter?

— À ma connaissance, le père n'est pas très riche. Je crois même qu'il n'a jamais eu de voiture. Je l'ai toujours vu se trimbaler en bicyclette, celle sur laquelle était Labonté Jr. Et pourquoi m'aurait-il suivie aujourd'hui?

— Parce que..., commence-t-il embêté.

À vrai dire, il n'en a aucune idée. Ce morceau ne tient pas dans son casse-tête.

— Parce qu'il est innocent, conclut Marie-Héléna, et il croit que je suis une vilaine sorcière prête à sauter sur le premier venu pour l'occire. Il est convaincu que j'ai voulu blesser son père dans l'escalier.

Pour gagner du temps et réfléchir à cette idée, Karl fouille dans le sac à dos et y prend une banane et un berlingot de lait qu'il vide d'une généreuse moitié, laissant l'autre à sa grand-mère. Puis il partage le fruit en deux. À haute voix, il tente de mettre de l'ordre dans ses pensées:

— Attentat numéro un, en admettant que la corde était installée comme je le prétends, on ne te visait pas, Mamie, car, dans ce cas, on n'avait qu'à tendre le fil dans l'escalier pour te faire tomber. Attentat numéro deux, même conclusion d'après ta démonstration scientifique de lundi.

— Cela me semble être un bilan plutôt positif. Ma vie n'est pas menacée, même si quelqu'un s'amuse à tendre des pièges autour de moi.

— Pourquoi fait-on cela?

Il en revient toujours à la même question. Malheureusement, il n'a pas de réponse. Marie-Héléna non plus.

Elle juge que la récréation a assez duré et, après l'avoir remercié pour sa sollicitude et sa tentative de protection, elle le pousse à retourner à la polyvalente. Il n'a raté que le deuxième cours de l'avant-midi. Il lui reste encore deux autres périodes après le dîner. À regret, il écoute son conseil.

○

Trop énervé pour se concentrer sur la circulation, le gros homme ne voit pas que le camion qu'il suit freine soudainement. Il pédale les yeux rivés par terre, n'ayant qu'une idée, fuir... Fuir ce garçon fou qui le poursuit, fuir cette petite vieille cinglée et dangereuse et fuir cette idée folle qu'il a eue hier.

Quand il relève le nez, il est trop tard. Sa roue avant frappe le pare-choc arrière du camion. Il projette ses mains devant lui pour éviter de s'écraser la figure sur le gros véhicule. Il ne réussit qu'à se déséquilibrer davantage. Il glisse vers la droite et tombe sur une jambe.

Le conducteur du camion qui n'a pas ressenti le coup, repart aussitôt. Georges Jr gémit et tente de se remettre sur ses pieds. Il lance un cri et retombe par terre. Un bon Samaritain qui passait par là, vient à son aide. Labonté s'appuie sur son épaule et tente de remonter sur son vélo.

Ses mains écorchées tremblent, sa cheville lui élance terriblement, il a le souffle court, mais pourtant, il ne tient pas à rester ici plus longtemps. Secoué, il repart en direction de son logement. Encore une rue à traverser, heureusement, l'avenue descend jusque chez lui.

Il lâche sa bicyclette sous l'escalier et grimpe péniblement à l'étage. À chaque respiration, un petit râle s'échappe de ses lèvres. Il tient sa clé à deux mains pour l'introduire dans la serrure. La porte à peine ouverte, il se laisse choir sur le plancher, abandonnant toute retenue à sa douleur. Il halète, gémit, rage. Il est en nage.

○

Son vélo rangé dans la remise, Marie-Héléna monte chez elle en réfléchissant. Elle s'arrête au milieu de l'escalier. L'idée de Karl n'est pas mauvaise. Qui porterait attention à un morceau de glace que l'on pousse du bout du pied dans la neige? Mais cela bouscule le schéma qu'elle avait de son histoire.

Elle était convaincue qu'il s'agissait d'une mauvaise blague. Avec deux tentatives, cela change tout. C'est plus sérieux. Elle entre, flatte sa chatte qui s'étire sur le fauteuil.

La seule question qu'elle retient est: pour qui déploie-t-on tant d'énergie? Qui est la victime, en supposant que l'on désire réellement tuer ou blesser quelqu'un? À moins qu'il ne s'agisse d'une personne à l'esprit un peu troublé qui s'amuse des peurs des autres?

En vidant son sac à dos des reliquats de son lunch, elle pense à son petit-fils. Elle espère qu'il a eu le temps de dîner. À son âge, il faut plus qu'un muffin pour se remplir la panse. Karl! Cher Karl, c'est bientôt sa fête et elle ne lui a pas encore acheté de cadeaux. Tantôt, elle demandera à Margo de l'accompagner demain dans les boutiques. Pour l'instant, son amie doit probablement travailler. Comme tous les jeudis, elle doit être chez les Beaudoin pour le ménage hebdomadaire.

Pauvre Margo, elle n'est plus jeune et il faut encore qu'elle travaille pour subvenir à ses besoins. Elle reçoit sa rente du gouvernement, mais c'est si peu! Évidemment, comme elle le dit souvent, ça change le mal de place de sortir et de voir du monde. Voir du monde! Il y en a que Marie-Héléna aimerait mieux n'avoir jamais rencontré, M. Labonté Jr, entre autres.

Quel homme mal élevé! Et il la suivait! Depuis quand fait-il ça? Elle sent poindre dans sa tête une sourde inquiétude. Pourquoi? Que lui veut-il? Il est peut-être dangereux? Elle qui n'a pas eu peur auparavant — car le danger elle n'y croyait pas vraiment — se met à craindre ce balourd ridicule. La véritable menace physique, c'est lui. Qu'aurait-elle fait ce matin pour se défendre, s'il avait décidé de l'attaquer?

La vieille dame essuie du bout des doigts les gouttes de sueur qui perlent à son front.

○

Près de quatre heures plus tard, après une révision d'anglais et une bordée de notions nouvelles en chimie, Karl suit le flot agité d'une jeunesse en mal de liberté qui se dirige vers la sortie. Il tourne et retourne encore le même problème dans sa tête. Inattentif, il reçoit en plein visage un poing ayant comme propriétaire D.J.

Ébranlé, sa tête bascule vers l'arrière et il recule de quelques pas. Heureusement, des copains à lui, le grand Marco et Dany «les lunettes», qui le suivaient, l'empêchent de s'étaler sur le plancher.

— Mon chromé, t'as pas fini avec moi. Viens que j'te magane à mon goût, lance l'attaquant.

L'orgueil de Karl lui remet vite les idées en place et fait accomplir un tour en accéléré à son système sanguin. Ce n'est pas un pouilleux pareil qui va l'insulter devant toute l'école. Rapidement, un cercle de supporters, bruyants chez les garçons et plus discrets mais non moins curieux chez les filles, s'est formé autour d'eux.

D.J. est plus costaud que lui, mais moins brillant, autant en profiter. Karl sourit, regarde par-dessus l'épaule de l'agresseur, ébauche un salut en disant:

— Bonjour, monsieur le directeur...

La feinte, vieille comme le monde et pas très originale, porte fruit. D.J. se retourne légèrement et Karl lui fonce dans l'estomac tête baissée. Il ébranle son adversaire, et roule avec lui par terre. Les coups pleuvent des deux côtés. D.J. a l'expérience de tels combats. Il frappe fort et juste. Pour lui, tout est permis, poings, pieds, coudes, genoux. Ce qu'il ignore c'est que Karl a besoin de se défouler, de décharger sur quelque chose ou quelqu'un la rage qui l'habite depuis peu.

Un coup de poing dans les côtes pour la corde dans l'escalier, et encore un autre pour le couteau. Pourquoi pas un bon coup de genou pour l'interrogatoire des policiers, et une morsure à l'épaule avec ça. Il reçoit autant qu'il donne, mais il s'en fout. Ça fait du bien au moral.

Soudain, un cri retentit derrière les deux pugilistes. Ils ont bien entendu: «C'est le directeur...», mais n'y croient pas. On ne se fait pas prendre deux fois. Pourtant le cercle des spectateurs s'effrite mystérieusement. Karl jette un coup d'œil par-dessus son épaule et fige sur place. D.J. en profite pour s'éclipser.

— Monsieur Daigle, suivez-moi dans mon bureau! ordonne une voix grave et sévère.

À demi allongé sur le sol, un mince filet de sang lui coulant du nez, Karl fixe le directeur d'un air stupide. Deux mains secourables le soulèvent de terre. Dany lui tend un kleenex propre, mais chiffonné, vieux locataire d'une poche qu'on ne vide pas souvent. Marco lui place dans l'autre main, la poignée de son sac d'école en nylon.

Deux claques amicales dans le dos le poussent en direction de l'antre du grand patron de la polyvalente. En passant devant les deux secrétaires, un murmure désapprobateur s'élève à son sujet. Karl a l'impression qu'un monstre rugissant et bavant n'aurait pas plus d'effets sur elles.

Surpris et gêné, il s'aperçoit qu'il y a déjà un homme assis sur le siège des visiteurs. Le directeur ne va tout de même pas lui faire la leçon devant un étranger. Celui-ci se retourne, l'examine de la tête au pieds avant de le saluer par son nom.

— Bonjour monsieur..., répond-il lentement et d'une voix faible en reconnaissant l'enquêteur qui l'a interrogé dans la nuit de dimanche à lundi.

Comment s'appelle-t-il déjà? Karl a beau chercher, il ne s'en souvient pas. Les remarques du directeur le ramènent brusquement au temps présent, à aujourd'hui, jeudi 5 mai, belle journée ensoleillée où il ferait bon d'être ailleurs que dans cette prison scolaire.

— Trois manquements en une seule journée, c'est beaucoup. D'abord, ça, explique le directeur en montrant le dessin du pendu, puis vous disparaissez durant un cours et finalement, vous prenez l'entrée pour une arène de boxe. J'espère que vous avez de bonnes explications pour tout ça?

Le vouvoiement du directeur lui donne froid dans le dos. Ça ne ressemble pas à de la politesse, mais plutôt à du dédain, comme quelqu'un qui mettrait des gants pour vous serrer la main. Il poursuit sur le même ton:

— M. l'inspecteur Caron et moi, nous parlions justement de vous. Il avait des questions à me poser sur votre comportement...

Pour Karl, le sourire ironique du policier veut tout dire. Quelle horreur! Un vrai cauchemar, tout cela à cause de D.J.. La sueur qui recouvre son corps le glace de plus en plus, il en frissonne.

9

Les rapaces nocturnes

L'ombre glisse avec précaution sur la pelouse humide. La nuit étant très noire, il ne s'agit que d'une tache plus sombre qui avance lentement, tenant dans ses bras une petite barre en bois, un long fil de fer et un sac en papier. L'étrange apparition pousse la clôture et dépose son faible fardeau par terre.

Elle allonge les bras vers le haut, agrippe une branche du chêne et la tire vers le bas.

Consciencieusement, elle y installe un collet à lièvre. Un gros collet à lièvre. Elle plie le fil de fer pour réaliser un nœud coulant suffisamment grand pour une tête humaine. La branche est maintenue vers le bas grâce au morceau de bois fixé sous un rameau et glissé dans un autre nœud coulant de fil de fer. Un nœud de retenue, comme disait son père quand il l'emmenait avec lui faire de la trappe.

S'il savait à quoi sert son enseignement aujourd'hui, il en mourait de honte. Mais le plaisir escompté vaut ce sacrilège. L'ombre recule d'un pas, et, de ses yeux habitués à l'obscurité, juge du résultat. Excellent! Dans l'amas de branches, de bourgeons et de pousses nouvelles, l'installation passe inaperçue. Et tout cela n'a pris qu'une vingtaine de minutes.

Avant de se retirer, il lui faut s'assurer que la victime passera au bon endroit, c'est-à-dire dans le piège. Rien de plus simple, le contenu de son sac, des excréments de chiens, savamment disposé sur le gazon guideront ses pas et l'empêcheront de bien regarder l'arbre.

Son travail accompli, l'ombre repart comme elle est arrivée, silencieuse. Demain, tout sera fini.

Le sergent-détective Caron se frotte les yeux et regarde sa montre. Une heure cinquante, le jeudi a laissé la place au vendredi sans qu'il ne s'en aperçoive. Caron s'étire, bâille et ferme son dossier. Il y a trop longtemps qu'il est là-dessus, il n'avance plus.

Il quitte le bureau. Sur le chemin du retour, il fait un détour par la rue de Mme Jodoin. Qu'est-ce qui le pousse à agir ainsi? L'intuition, la recherche de nouveaux indices ou tout simplement l'impression qu'il comprendra mieux en allant sur place? Il serait bien embêté de l'expliquer. D'ailleurs, toute cette histoire l'embête:

«D'abord la victime, qui est-ce? Difficile à déterminer. La petite vieille? Jusqu'à présent, elle s'en tire assez bien, pas une seule égratignure. À moins qu'on ne veuille seulement lui faire peur, mais ça c'est raté. Elle semble bien au-dessus de cela. Qui d'autres pourrait-on chercher à atteindre? Les colporteurs? les livreurs? Il s'agirait donc d'un acte de folie à répétition, n'ayant pas vraiment de motif.

«Car il faut bien un motif, une raison pour vouloir tuer quelqu'un. L'argent? Si on avait voulu voler le livreur de pizza, on s'y serait pris autrement. Et le marguillier n'a pas un sou. Je me doutais bien que sa chute n'était pas normale. Heureusement, avec le jeune Daigle, je suis arrivé au moment propice. Pas eu besoin de le travailler longtemps pour faire sortir le chat du sac. Quoiqu'il a de la classe, je dois bien l'avouer. Avec le directeur de l'école, pas un mot, pas une accusation contre personne. Pourtant je mettrais ma main au feu qu'il a été provoqué pour se battre et que le fameux dessin ne vient pas de lui. Avant les incidents d'aujourd'hui, il n'avait aucune infraction notée dans son dossier d'étudiant...

«Non, avec le directeur pas un mot, mais je sentais bien qu'il brûlait d'envie de m'expliquer quelque chose. J'ai bien fait de lui parler seul à seul dans la voiture, après le sermon d'usage du directeur. Ingénieux, le coup du fil et du plomb dans l'escalier. C'est dans la même ligne que le couteau et la fourchette.

«Ça implique que l'agresseur prépare ses coups à l'avance, la nuit de préférence. C'est de la folie intelligente et préméditée. Ouach! J'aime pas. Ça sent le maniaque brillant au comportement normal qui vit un double jeu. Mais c'est aussi un craintif, un peureux. Il n'est jamais là pour voir ses victimes souffrir ou mourir. À moins qu'il n'habite tout près et puisse ainsi observer à loisir.

«Un voisin? Au premier, une femme seule avec son petit garçon. Pour vivre, elle dactylographie des travaux pour les étudiants d'universités ou de cégeps, ça ne doit pas faire de gros revenus. C'est vrai qu'elle reçoit une pension alimentaire de son ex. Mon petit doigt me dit que ce n'est pas son genre. À gauche, les Giroux: une bonne femme bavarde qui se mêle de tout, son mari qui travaille de nuit et deux petits enfants au primaire. Impossible pour eux. En face, un couple de jeunes mariés; elle est infirmière et fait souvent du temps supplémentaire, lui, technicien en je ne sais plus trop quoi dans une compagnie de produits pharmaceutiques. Il leur serait plus simple d'empoisonner les gens.

«Les voisins de droite ne voient pas entre les maisons. Reste derrière, le triplex. En bas, deux gars partagent le loyer, des Anglais, un peu trop portés sur la bière, mais on n'a jamais eu de problème avec eux. Pas assez subtils pour ce genre d'action. Au-dessus, un couple dans la cinquantaine, qui vivent seuls sans leurs enfants qui sont mariés. Elle s'occupe de la maison et fait la popote, lui, il travaille et rapporte les sous, et le soir, dodo de bonne heure. Petite vie sage... et ennuyeuse!

«En haut, une amie de Mme Jodoin, une vieille dame célibataire, celle-là même qui nous a signalé un gros type rôdant autour de la maison. Sûrement Labonté fils, d'après le signalement que m'a donné le jeune Daigle. Faudra faire la conversation, Jr et moi...

«Reste madame Jodoin. Intelligente, débrouillarde, qui n'a pas froid au yeux, sûre d'elle, trop sûre d'elle. Ça m'agace. Ma grand-mère à moi avait toujours peur de tout, ce n'est pas normal qu'une dame de son âge ne soit pas craintive. Surtout après ce qui lui arrive.»

Caron s'énerve. Il freine trop brusquement devant la maison de Marie-Héléna. Il baisse la vitre côté passager et braque sa lampe de poche vers l'allée. Personne, tout semble tranquille. Il se sera déplacé pour rien. Par acquit de conscience, il débarque, fait quelques pas entre les deux maisons, s'approche du gros arbre, le contourne et met le pied dans quelque chose de mou. Il éclaire son pied et peste contre les chiens errants qui polluent les parterres.

Après avoir bien essuyé son soulier dans le gazon, il repart. À chaque jour suffit sa peine, demain, il repensera à tout ça.

10

Entre amies

C'est la première fois de leur vie qu'elles entrent dans ce magasin. La porte de la petite boutique donne directement sur le trottoir. Sur le côté droit, devant une porte de garage grande ouverte, une panoplie de véhicules motorisés s'étale au soleil. Motocyclettes de gros calibre, scooters, quatre roues et motos tout terrain se côtoient sans ordre apparent.

À l'intérieur, les deux vieilles dames se glissent entre une mobylette rouge et deux moteurs hors-bord, pour atteindre un comptoir crasseux où un homme aux mains d'une propreté douteuse remplit un bon de commande. Il mâche de la gomme et ne porte aucune attention à ses futures clientes.

Derrière lui, un autre homme pitonne sur un clavier d'ordinateur et passe des remarques du genre:

— Le morceau X-20-TZ est *back order*, pis le M-40-P se fait plus.

— Cherche le D-14-Y dans l'autre compagnie, ça va faire pareil, lui répond le premier vendeur sans lever la tête.

Marie-Héléna et Margo attendent poliment leur tour. Cela dure plusieurs minutes avant que l'homme consente à leur jeter un coup d'œil. Un peu comme s'il avait secrètement espéré qu'elles en aient assez d'attendre et changent de magasin. Non, elles sont toujours là, sourire aux lèvres, sourires polis sans plus, mais persévérants.

— Je désirerais acheter des gants de moto pour mon petit-fils, s'empresse de dire Marie-Héléna, avant qu'il ne retourne à ses papiers. Des gants de motocross, plus précisément.

— Y'a plusieurs modèles par là, fait-il en indiquant avec son crayon un rayon bien dissimulé derrière un étalage de casques.

Le remerciement de la vieille dame ne l'atteint pas puisqu'il écrit de nouveau. À indépendant, indépendante et demi, Marie-Héléna, d'un pas décidé, se rend à l'endroit désigné et tripote sans vergogne sur les tablettes. Elle ouvre les sacs, essaie les différentes pointures et porte enfin son choix sur une paire rouge, bleue et blanche, en tissu élastique, recouverte de cuir souple aux endroits stratégiques.

Elle revient les déposer sur le comptoir et annonce avant qu'on le lui demande qu'elle prendra ceux-là. Elle poursuit en commandant un bidon à essence vide et termine sa phrase par un «Ce sera tout, merci» autoritaire. Interloqué, le vendeur se hâte de la servir pour se débarrasser au plus vite de cette importune.

Dehors, sur le trottoir, Margo éclate de rire en songeant aux yeux ronds de l'employé.

— Vraiment, Marie, tu ne manques pas d'audace. Il aurait très bien pu se mettre en colère.

— Mais non, voyons. Il suffit de garder son sourire et de dire merci et s'il vous plaît, et personne ne peut rien faire contre toi. C'est un petit truc qui m'est resté de l'enseignement. Si tu savais le nombre d'élèves à la tête dure que j'ai dompté avec fermeté et politesse. Aujourd'hui, les pédagogues appellent ça le «Respect».

Respect de soi et des autres, etc. Ils ne se doutent pas que cela a toujours existé, même du temps de leurs grand-mères. Avec les écoles de rang, on n'avait pas le choix.

— La petite école à classe unique... Dans mon village, elle était juste derrière l'église. Je marchais au moins quatre milles pour m'y rendre et je revenais dîner à la maison, commence Margo.

Marie-Héléna, qui la connaît depuis longtemps, s'étonne de cet épanchement de la part de son amie. Habituellement si secrète sur son passé, elle détourne régulièrement la conversation quand on entre dans les détails de sa vie intime. Pourtant, en ce moment, elle semble avoir besoin de raconter ce qui est enfoui au plus profond d'elle. Sa petite enfance, les amitiés scolaires, les ennemis «à jamais, pour toujours» avec qui on faisait la paix la semaine suivante. Et ses amours? En parlera-t-elle? C'est une question que Marie-Héléna se pose depuis longtemps. Elle devait sûrement être une jeune fille agréable à regarder et à courtiser dans le temps. Alors, comment se fait-il qu'elle soit demeurée vieille fille?

Marguerite relate gaiement toute la période de son éducation. Les anecdotes sont souvent amusantes, parfois émouvantes. Puis, c'est le silence. Sa bouche se referme. Les mâchoires serrées empêchent la suite de sortir, comme on retient une envie de vomir. Les yeux ont repris leur tristesse coutumière.

Chagrin d'amour, imagine Marie-Héléna. Il n'y a que cela qui brise autant quelqu'un. Car il y a brisure, cassure dans cette vie joyeuse et insouciante. C'est mauvais de rester avec tout cela sur le cœur. Ça fait mal quand ça passe, mais ensuite on se sent soulagé d'un grand poids.

Avec des mots choisis lentement, elle tente de convaincre son amie de se confier, car elle la sent angoissée.

— Voyons qu'est-ce que tu inventes-là? rétorque Margo. Comme tout le monde, j'ai ma part de petites joies et de petites peines, c'est tout. Bon, j'ai mal dormi cette nuit, je rentre à la maison pour me reposer un peu.

Marie-Héléna a gaffé, elle le sait bien. Mais elle ne voulait pas mal faire, seulement aider son amie. Plus elle cherche à s'expliquer, plus elle se cale. Elle se tait donc et c'est silencieuses, que les deux dames reprennent le chemin de leur domicile. Elles se quittent au coin de la rue.

Le bonjour de Margo est bref et brusque, il cache ses larmes. Troublée, Marie-Héléna remonte son avenue à pas lents. Ce n'est qu'à proximité de sa maison qu'elle entend le cri. Un vagissement de bébé, lui semble-t-il, qui se transforme en une longue plainte. Non! C'est le miaulement d'un chat...

Elle accélère sa marche et tourne dans l'allée. Son premier coup d'œil se dirige vers le haut de l'escalier, mais le cri plus aigu, rageur la ramène à l'arbre. Pendue par la queue et une patte arrière, Choupette tente désespérément de se libérer avec ses griffes de devant. Elle gigote, se tortille, s'agrippe aux branches, tire sur sa queue et braille.

Marie-Héléna laisse tomber ses paquets, s'approche vivement et veut prendre son animal dans ses bras. Malheureusement, dans sa panique, la chatte ne la reconnaît pas et lui mord une main. La vieille dame recule brusquement. Elle lui parle pour la calmer et réussit enfin à la caresser. Malheureusement elle est incapable de défaire le nœud qui la retient. Le fil de fer est tordu. Il n'y a qu'une solution, le couper.

Elle va à la remise et en revient avec de pinces.

— Un peu de patience, ma minoune, tu sera bientôt libre. Voilà! c'est fait.

Au même instant, la chatte atterrit tant bien que mal sur le sol et court en boîtillant se cacher sous l'escalier. Avec des mots doux, chuchotés du bout des lèvres, sa maîtresse l'attire vers elle et la dégage enfin du collet à lièvre qui lui emprisonnait la queue et une patte.

Laissant l'animal se lécher à sa guise, elle examine le piège accroché dans le chêne. Aucun doute possible dans son esprit, encore un attentat! Tenant délicatement Choupette dans un bras, elle ramasse ses achats de l'autre main.

À l'intérieur, elle lave les plaies avec de l'eau salée, malgré les grognements et les protestations de la chatte. Puis, heureuse de constater qu'il n'y a pas de blessures graves, elle cherche le numéro de téléphone du sergent-détective qui l'a interrogée l'autre jour. Elle fouille les poches de son manteau, c'est là qu'elle l'a laissé.

Après une brève attente, une voix grave répond à son appel.

— Détective Caron à l'appareil. Que puis-je pour vous?

— Ici, madame Jodoin. Vous devriez venir chez moi, il s'est encore passé quelque chose, lance-t-elle certaine d'être reconnue.

Tout en écoutant la réponse, elle flaire une odeur inhabituelle, désagréable. Elle regarde sous son talon et y voit une trace brunâtre. Merde!

○

Margo ferme la porte derrière elle et se mouche bruyamment. Puis elle se pince les joues pour reprendre son calme. Elle aimerait bien se pincer partout, les bras, les côtes, les jambes. Cela lui ferait encore moins mal que ce qu'elle ressent en dedans, au niveau du cœur.

Cette douleur énorme qui lui tord les entrailles, la broie de l'intérieur chaque jour un peu plus, elle l'a vue grossir depuis tant d'années comme un boule de neige qui roule et devient énorme. Avant d'éclater, il lui faut s'en débarrasser, la faire fondre.

En parler, tout raconter à Marie-Héléna et risquer d'être incomprise, dédaignée, rejetée? Jamais! Rejetée, elle l'a été une fois, une fois de trop. C'était une expérience horrible qu'elle ne veut plus jamais vivre. Puisqu'il faut mentir pour être acceptée, elle mentira, cachera, dissimulera aussi long-temps qu'il le faudra. Jusqu'à sa mort!

À ses yeux, il n'y a qu'une seule solution, la vengeance. Cela, et seulement cela, l'empêchera de devenir folle. Agitée par cette idée, elle court à la fenêtre de la cuisine. Un râlement à peine audible sort de sa gorge.

Elle regarde, sans vie, sans réaction, Marie-Héléna détacher son chat dans l'arbre. Quand son amie disparaît derrière sa porte, une secousse agite son corps. Elle s'écrase sur les tuiles bleues du plancher et tressaille, pleure, se lamente:

— Raté, c'est raté, raté...

11

Prévoyance

Cette fois, c'en est trop! Quand il pense qu'hier soir, il est venu inspecter l'endroit et qu'il n'a rien vu. Caron est furieux. Le piège a-t-il été installé après sa visite? Non, ce serait trop simple de se déculpabiliser ainsi. De plus, il y a les petits tas d'excréments trop bien disposés pour être dus au vagabondage d'un chien et qui sont là pour diriger la victime tête première dans le collet. Il n'oublie pas qu'il a lui-même marché dedans sans les voir à cause de la noirceur. Il en conclut donc que le lièvre que l'on tentait d'attraper passe ici de jour. De jour! Voilà qui ne l'avance guère.

«Quelles sont les personnes qui empruntent l'allée entre les deux maisons pour se rendre à la cour? Madame Jodoin, son petit-fils, la jeune dame du premier? Chicoine, Élise Chicoine, c'est bien son nom. Pourtant, elle n'a qu'à sortir par la porte arrière pour aller dans la cour et son petit garçon ne risquait rien, il est bien trop petit pour atteindre le piège.

«Non, non, cette femme est hors de cause puisque les deux autres tentatives ont eu lieu dans l'escalier ou sur la galerie de la vieille dame. Retour à la case départ.»

Il repense à l'interrogatoire de madame Jodoin. Y a-t-il des gens qu'elle redoute, qui lui en voudraient pour une raison quelconque? Négatif.

«À chaque tentative, elle n'a rien eu... mais les tueurs maladroits, ça existe! Qui pourrait avoir un motif pour lui faire peur, ou même de l'éliminer? Un motif! Dans toute cette affaire, c'est ce qui me manque le plus.

«L'argent? Elle a une bonne pension d'enseignante, mais le seul héritier, Daigle, fait plus d'argent qu'elle. Crime passionnel? Elle n'a pas de conjoint attitré et, à son âge, il y a longtemps qu'elle ne couraille plus après les hommes. De toute manière, ça n'a pas l'allure d'un crime passionnel.

«D'après les voisins, elle a une petite vie rangée, tranquille. Trop tranquille, peut-être? Cette gentille grand-mère cherche-t-elle à attirer l'attention en posant des gestes morbides et hors du commun? Une façon comme une autre de mettre du piquant et de l'action dans sa vie. Non, ça n'a pas l'air d'être son genre...

«Non, ça sent le maniaque. La folie de tendre des pièges pour s'exciter au dépens d'une victime. Et la victime sans défense par excellence, c'est une vieille dame seule. Une vieille dame qui a déjà représenté l'autorité par son poste de professeur. On se venge de l'ordre établi en blessant ou faisant disparaître un ancien modèle de cet ordre.

«Un fou! Un fou bien particulier habite dans les parages. Un fou qui, sous des apparences normales, cache une agressivité dangereuse, mortelle.»

Caron note de placer une voiture fantôme toutes les nuits dans le secteur. Puis il reprend ses dossiers. La vie de chaque voisin doit être fouillée, mise à nu pour y découvrir la moindre attitude bizarre, le moindre geste inquiétant. Même Labonté Jr n'échappera pas à ses recherches.

◯

Marie-Héléna ouvre sa porte sans bruit et examine les alentours avant de descendre les marches. Pourvu que la Giroux ne soit pas à sa fenêtre en train de l'épier. Non, c'est l'heure d'un de ses télé-romans préférés. S'il fallait qu'elle l'aperçoive, la vieille dame n'aurait pas fini de lui expliquer en long et en large, le résultat de sa démarche.

Elle passe derrière la maison et cogne chez sa voisine du bas, Élise Chicoine qui ne tarde pas à ouvrir.

— Entrez, entrez chuchote-t-elle. À cette heure-ci, on ne sera pas dérangées, mon petit Jacquot est au lit. Je crois même qu'il s'est endormi.

Elle fait signe à son invitée de la suivre et entre doucement dans la chambre de l'enfant. Marie-Héléna voit dans la pénombre le petit visage serein du bambin de quatre ans déjà perdu dans ses songes. Cette image réveille en elle des souvenirs maternels attendrissants. En grand-mère fidèle à son rôle, elle sort de sa poche, un suçon multicolore qu'elle place sur la table de nuit.

— Vous n'auriez pas dû, murmure la jeune mère sur un ton faussement réprobateur.

— Mais si, mais si, ça me fait plaisir.

Elles ressortent de la chambre et s'installent dans une petite pièce servant de bureau. C'est là qu'Élise met au propre les travaux confiés par de nombreux étudiants. Près de la fenêtre, une table est recouverte de feuilles et de chemises brunes. Une housse en vinyle noire protège sa machine à écrire. Dans un autre coin, il y a une table ronde et deux chaises où elles ont pris place.

Le plafonnier est éteint. Seule une petite lampe fixée au mur près d'elles les éclaire. La lumière est douce, voilée et forme un cercle clair sur la table. Dans ce cercle, immobiles, comme si elles attendaient leur tour d'entrer en scène, des cartes sont empilées.

— Êtes-vous prête? demande Élise.

Marie-Héléna se vante de ne pas être superstitieuse, et pourtant... Chaque fois qu'elle entre dans cette pièce et que Mme Chicoine lui pose cette question, elle a un petit frémissement mêlé de crainte et d'excitation. Elle a l'impression d'être à deux doigts de toucher l'autre côté du réel, d'être assise devant une personne qui possède une lorgnette spéciale capable de voir la face cachée de la lune. Quand, dans son enfance, on a vu et revu une vieille tante lire dans les tasses de thé, ça laisse des traces...

— Oui, répond-elle dans un souffle pour ne pas effrayer les spectres de l'au-delà.

— Qu'attendez-vous exactement de moi? Désirez-vous entrer en contact avec une personne précise? Faire une analyse de votre destinée? Ou avez-vous une question précise à poser?

Marie-Héléna s'est toujours refusée à parler avec les morts. Elle aurait l'impression de les déranger dans leur sommeil éternel. Et, à son âge, son destin lui semble bien court, elle préfère se réserver des surprises. Non, aujourd'hui, ce qui l'intéresse c'est un problème qu'elle ne peut résoudre.

— C'est à propos des incidents qui se produisent autour de moi, ces derniers temps. Ça m'inquiète!

Élise hoche la tête. Elle prend le jeu de cartes dans ses mains et le serre fortement, puis elle les tourne et retourne entre ses doigts. Sa cliente l'observe. Elle a un visage jeune, vingt-six, vingt-sept ans, qui n'a rien de particulier. Les traits en sont doux et auraient l'air plutôt banal si ce n'étaient les yeux bleus, à la fois pénétrants et distraits. Étrange impression que ces yeux qui vous regardent et ne semblent pas vous voir. Des yeux qui transpercent l'enveloppe charnelle pour se fixer quelque part à l'intérieur, dans votre âme.

Des yeux effrayants, s'il n'y avait pas ce sourire si bon et si bienveillant. Le sourire de quelqu'un qui a vu bien des malheurs et qui est prêt à pardonner beaucoup. Marie-Héléna lui a déjà fait la remarque qu'elle est bien jeune pour un tel sourire. La réponse amusée fut que, dans une vie antérieure, elle devait être psychiatre ou sainte...

Marie-Héléna chasse ces pensées distrayantes pour se concentrer sur les deux attentats. Qui est le coupable et pourquoi? Elle répète mentalement la question en mêlant les cartes. Nerveuse, elle en échappe une, le valet de pique. Élise pose sa main dessus et plisse les yeux.

— Il y a des vibrations mauvaises, de vieilles choses cachées depuis longtemps.

Marie-Héléna continue de mêler les cartes et les sépare en trois paquets ayant respectivement à leur tête: le sept de trèfle, le roi de cœur et le neuf de pique.

— Des larmes, un protecteur et de gros obstacles, commente la jeune femme.

D'un geste lent, elle ramasse les cartes, effectue un tri énigmatique et replace sa sélection sur la table. Du bout du doigt, elle en compte quelques-unes, déchiffre un message caché et recommence.

— À la maison, il y a eu des méchancetés contre une personne sans défense, des inquiétudes et des larmes.

«Des méchancetés, il y en a eu. Le mot est même faible pour désigner les pièges tendus autour d'elle. Des inquiétudes, elle en a encore, mais il n'y a pas eu de larmes», s'étonne Marie-Héléna.

La diseuse de bonne aventure poursuit:

— Ce que vous attendez: par un chemin de soir, un ennemi dangereux qui guette sa proie.

Par un chemin de soir, l'expression lui rappelle sa tante. En d'autres mots, elle peut être attaquée en pleine nuit.

— Ce que vous n'attendez pas: par un chemin de jour, une vengeance qui frappera durement. Méfiez-vous de jour comme de nuit. Soyez sur vos gardes en tout temps. Ça n'a rien de très rassurant, mais la suite semble meilleure. Qui frappe à votre porte? Une amie, une vieille amie, sa pensée vous accompagne. Tendez-lui la main, elle en a besoin. Qui entre dans votre demeure? Une promesse que vous serez tenue de suivre, un secret à ne dévoiler à personne. C'est une marque de confiance envers vous, mais ce sera un poids bien lourd à porter.

Il reste encore trois cartes à l'écart que la jeune femme n'a pas touchées. Elle en retourne deux, glisse sa main au-dessus et frissonne. Avec difficulté, les yeux grands ouverts dans le vide, elle dit à voix basse:

— Je vois les flammes de l'enfer, la vengeance éternelle qui s'abat cruellement et toute cette souffrance qui colle à la peau. C'est horrible! Faites attention!

Elle retire brusquement sa main et cligne des yeux.

— Vous vous sentez bien? s'inquiète Marie-Héléna.

— Oui, bien sûr, ce n'est pas moi que l'on torture ainsi. Quelle vision! Il s'agit peut-être d'un incendie. Vous avez bien un détecteur de fumée? Moi aussi. J'ai vraiment vu du feu, mais ce n'était pas à l'intérieur d'une maison. Je n'arrive pas à dire où c'était, ni ce qui brûlait.

Elle prend la dernière carte, le valet de carreau:

— Votre consolation, un jeune homme, un tout jeune homme dont l'influence redonne énergie, vitalité et jeunesse. Profitez de son contact pour vous inspirer et puisez dans sa joie de vivre. Faites toutefois attention à ses conseils, son enthousiasme pourrait vous égarer involontairement.

Elle regroupe les cartes semblables et annonce d'une voix plus neutre:

— Trois dames, médisances; trois neuf, entreprise réussie; trois valets, disputes. Bref, ce ne sera pas facile. Le pire reste à venir, j'en ai bien peur. Il y a quelqu'un derrière tout cela qui réfléchit, organise et prépare une vengeance...

— Une vengeance, mais qui donc pourrait m'en vouloir à ce point? Je n'ai jamais fait de mal à personne, enfin pas que je sache, bredouille Marie-Héléna de plus en plus mal à l'aise.

Élise reprend toutes les cartes, les brasse et les étale en éventail sur la table.

— Tirez trois cartes en pensant très fort.

Le sort choisit le huit de pique, la dame de trèfle et le roi de carreau. Élise pose sa main gauche au-dessus et parle lentement.

— Vous n'êtes pas là, je ne vous sens pas. S'agit-il d'une erreur? D'un faux numéro? Tout cela ne vous concerne pas. On dirait un théâtre où vous faites partie du décor, une figurante. Pourtant cela vous frôle, comme une chauve-souris, la nuit, glisse près des cheveux, mais vous n'êtes pas la proie.

Elle retire sa main et ajoute, songeuse:

— Je ne vois plus rien. Tout est si noir, dans l'ombre, derrière vous. Vous faites dos à cette histoire. Bizarre!

Changeant brusquement de ton, elle offre une tisane:

— À la fleur d'oranger, elle est très bonne, vous savez?

Marie-Héléna comprend que la consultation est terminée. Élise est déjà dans la cuisine quand elle glisse deux billets de cinq dollars sous le jeu de cartes. Ce n'est pas un paiement, c'est un cadeau. Élise refuse tout salaire pour ce petit travail, elle affirme qu'elle en perdrait son don. En quittant la pièce, elle jette un dernier regard à la dame de trèfle. La représente-t-elle?

12

Confidences

C'est plus fort qu'elle, elle s'inquiète.
Margo est-elle fâchée contre elle? Marie-
Héléna a des remords, elle s'est montrée
beaucoup trop curieuse, hier après-midi.
Après tout, rien ne l'oblige à lui dévoiler
tous ses secrets. Sa vie privée ne la regarde
pas. Elle est libre de lui raconter ce qui lui
plaît seulement.

Consciente d'avoir mal agi, elle rend
visite à son amie avec la ferme intention de
s'excuser. Son éducation fortement religieuse
lui a appris, dès le jeune âge, le sincère

repentir et l'expiation qui en découle. Elle n'échappera pas à cette pénitence.

La porte s'ouvre lentement sur une Marguerite aux yeux rougis, au visage blême et à la gorge serrée. Interdite, Marie-Héléna ne trouve pas ses mots. Le petit discours qu'elle avait préparé s'efface de son cerveau. Sans parler, Margo laisse la porte ouverte et retourne s'assoir au salon. Obéissant à cette muette invitation, Marie-Héléna la suit.

— Je n'aurais pas dû te questionner comme je l'ai fait, commence-t-elle en retrouvant l'usage de la parole. Je...

Un geste de son amie la fait taire. Elle lui tend un vieil album de photos aux pages noires dont les coins sont retroussés par l'usure. Un album comme on n'en fait plus de nos jours, avec une couverture rigide de cuir brun et un gros cordon doré qui retient ses feuilles. Marie-Héléna a l'impression que, si elle l'ouvre, elle commettra une profanation, mais Margo lui met l'album de force dans les mains. Alors, elle tourne les pages avec précaution.

Au début, en noir et blanc, elle voit des photographies de Margo, enfant, habitant un petit village aux maisons espacées, avec la mer et les filets de pêche en fond de toile. Margo grandit, devient une jeune fille en compagnie de ses parents, ses frères, ses sœurs, ses amis peut-être?

Quand la couleur apparaît, le paysage et les sujets changent. De jeunes enfants, des neveux, des nièces entrent dans le décor. Ils ont des allures friponnes, plus modernes. Marie-Héléna remarque qu'une petite fille prend plus de place que les autres. Ici, elle est bébé à son baptême dans une belle robe blanche en dentelle et un petit bonnet trop serré sous le menton. Toutes les étapes de sa croissance passent sous ses yeux, premiers pas, première dent, premiers jeux, en tricycle, en vélo, communion, confirmation, finissante au collège, mariage. Elle occupe plusieurs pages de l'album, les dernières, les plus importantes... puis plus rien.

Marie-Héléna comprend que tout ce qui est important est là dans ses mains. Elle peut toucher du doigt les joies et les malheurs, mais il lui manque une clé pour décoder cette vie. Une toute petite clé qui brûle dans le cœur de son amie et qui se résume pourtant à une phrase banale de quelques mots. Margo ouvre la bouche et les prononce avec tant d'indifférence, de froideur que Marie-Héléna ne réagit pas tout de suite:

— C'est ma fille.

Puis tout s'éclaire pour Marie-Héléna. Son amie est une mère célibataire comme

on dit aujourd'hui, mais avec des consé-
quences terribles pour l'époque de sa jeunesse. Pas de mari, pas de bébé. L'adoption
obligatoire, parfois par un étranger, mais le
plus souvent par un membre éloigné de la
famille qui aura peut-être la bonté, la gran-
deur d'âme par charité chrétienne d'envoyer
des photos de l'enfant, mais qui refusera
certainement de laisser la mère naturelle
s'en approcher.

Il y a aussi le reste de la famille qui ne dit
rien, mais qui chuchote dans son dos. Le
village qui la montre du doigt. Le rejet global,
le refus le plus total de la comprendre et ce
sentiment de culpabilité ressenti envers
l'amour, le geste d'amour.

Lentement, sans émotions apparentes,
car elle a déjà trop pleuré, Marguerite raconte. L'amant, il n'était que de passage
dans les îles. Parti du Nouveau-Brunswick
sur un bateau de pêche avec deux autres
hommes, il avait fait naufrage à la Pointe-de-
l'Échouerie. Il était le seul à avoir survécu,
car il était le seul à savoir nager, ce qui est
assez inhabituel pour un pêcheur. En effet,
ils ont coutume de dire que la souffrance sera
moins longue s'ils tombent à la mer, ainsi ils
se noieront dans les secondes qui suivent.

Lui, il avait souffert, mais survécu et il en
remerciait le ciel. Il disait même désirer

s'établir aux îles, sur cette mince bande de terre qui l'avait sauvé. Savait-il déjà qu'il mentait? Margo ne le croit pas, elle l'imagine sincère, à cette époque du moins. Elle l'aimait. Dès qu'elle l'a vu, elle l'a aimé. L'attrait de la nouveauté, sans doute. Il y avait si peu d'étrangers qui visitaient son village.

Les gars du coin, elle les connaissait tous et aucun ne l'intéressait. Lui, il ne parlait pas comme les autres, ses histoires étaient inédites. À beau mentir qui vient de loin... Elle buvait ses paroles, s'accrochait des yeux à lui. Comment aurait-il pu passer à côté d'une proie aussi facile? Elle ne lui a jamais opposé de résistance. Cela a duré le temps qu'il se trouve un autre bateau pour repartir chez lui.

Elle aurait voulu l'accompagner, mais elle n'était pas du genre à supplier, à quémander l'amour. Elle s'était offerte, comme une vague qui s'étend sur le sable chaud, soit, mais elle savait aussi se retirer quand tout est fini, à marée basse. Fini! Oui, elle avait senti qu'il ne voulait plus d'elle. Il ne lui a jamais demandé de partir avec lui, il n'a même jamais dit au revoir. Non, un beau matin, il a quitté le village, tout simplement, en homme qui va taquiner la morue.

Elle avait cru qu'elle serait capable de tourner la page comme lui. Malheureusement, elle ne tarda pas à s'en apercevoir, il lui avait laissé un cadeau «embarrassant». Une autre vie collée à la sienne et de qui il ne demanderait jamais de nouvelles.

La voix de Marguerite s'estompe. Elle respire bruyamment pour chasser la boule au fond de sa gorge. Puis elle reprend son récit pour son amie attentive à chaque syllabe.

Quand sa mère lui avait annoncé qu'elle avait trouvé une famille pour le bébé, elle n'avait pas bronché. Ça ne lui avait fait ni chaud, ni froid. Elle était partie, le ventre à peine enflé, pour cacher sa situation honteuse chez la cousine de sa mère, celle qui allait adopter sa fille. Elle était prête à s'en débarrasser, à placer l'enfant ailleurs, loin d'elle, tout comme le père était loin d'elle.

Neuf mois à jongler, à réfléchir, neuf long mois, c'est bien assez pour changer d'idée. Après l'accouchement, elle ne voulait plus s'en défaire, mais il était trop tard, sa chère famille avait déjà fait tous les arrangements nécessaires. C'est à ce moment-là qu'elle a réalisé qu'on ne lui avait jamais laissé le choix. Et maintenant, ils désiraient qu'elle retourne chez elle, comme si de rien n'était. Marguerite est allée visiter des cousins, elle a eu une grosse indigestion et elle revient à la maison, et c'est tout. On n'en parle plus.

Ça, elle n'avait pas pu. Jouer à l'hypocrite, à l'autruche dans son petit village? C'était au-dessus de ses forces. Au retour, elle n'aurait pu s'empêcher de leur crier son dégoût, sa rage et sa haine. Alors, elle était partie pour la grande ville, Montréal, où tous les espoirs sont permis. Seule, dans une cité remplie d'étrangers, elle réussirait peut-être à refaire sa vie? Au début, elle avait essayé plusieurs métiers. À la manufacture, dans les locaux imprégnés de poussière et de l'odeur de la sueur des autres filles, elle n'arrivait pas à suivre la cadence. Vendeuse, elle aurait bien voulu, mais son accent lui enlevait toutes ses chances. Alors, elle s'était trouvée des contrats de ménages dans des maisons privées.

La plupart du temps, elle était seule durant son travail. Elle commençait tôt le matin et terminait tard le soir. Elle ne se plaignait pas de l'ouvrage, mais de la solitude qui l'accompagnait. Habituée de vivre dans une grande famille, elle s'ennuyait dans son petit un et demi du quartier Saint-Henri. Elle travaillait donc de plus en plus pour passer le moins de temps possible à son appartement. Avec l'âge, sa résistance a diminué, elle ne travaille plus autant et a déménagé dans une banlieue plus agréable.

Jamais elle n'a oublié sa fille, jamais elle ne lui a parlé, jamais son enfant n'a su la vérité sur sa mère. Jamais! Et il est trop tard maintenant pour lui apprendre.

— Il est trop tard, Marie, trop tard. Elle ne peut plus m'entendre, elle est morte, murmure-t-elle. J'ai fait bien des erreurs dans ma vie, j'en regrette certaines, pas toutes, certaines. Surtout celle de ne pas avoir gardé ma fille. Les choses auraient été différentes, meilleures, tout cela ne serait pas arrivé...

Que dire après un tel aveu? Marie-Héléna ne sait pas. Si son amie pleurait, elle tenterait de la consoler. Non, elle est assise dans son petit fauteuil en velours élimé, dont la couleur se situe entre le jaune doré et le brun fauve. Une couleur terne, sans vie, faite pour accompagner une existence banale. La teinte idéale pour se camoufler à l'affection des autres. Assise, bien droite, fière dans sa tristesse, Marguerite attend un verdict: coupable d'amour, coupable d'innocence, coupable de... Marie-Héléna lui prend la main et la presse dans les siennes.

— À mes yeux, tu es toujours la même Margo, affligée d'un grand malheur, mais forte, car elle a toujours su passer au travers des épreuves. Quand on réussit à survivre aussi vieille que nous deux, on en a vu des choses, tristes ou moins tristes. Il faut s'accrocher à la vie et je sais que tu en es capable.

— Tu sais ce que j'aimerais? Changer de vie, changer de peau, changer quelque chose au-dedans de moi, autour de moi.

— Ce n'est pas si simple, on ne modifie pas sa vie comme on change une pièce de décor.

Marguerite sourit tristement.

— Ce n'est pourtant pas si bête comme idée. De plus, le travail m'a toujours empêché de réfléchir.

Elle se lève, prend de l'argent dans un tiroir et met son manteau.

— Si tu veux, tu peux m'accompagner, offre-t-elle à Marie-Héléna.

— Où ça? demande-t-elle surprise de cette décision subite et du changement d'attitude de la vieille fille.

— Magasiner! Il y a longtemps que je pensais à refaire l'appartement en neuf. Je vais acheter de la peinture. Il n'est pas encore trois heures, nous avons le temps avant la fermeture. On prend un taxi?

13

Victimes

Marie-Héléna compose rapidement le numéro. Pendant qu'elle attend que son interlocuteur réponde, elle regarde le ciel triste. Il fait froid et une pluie de poule imbibe les gazons. Sale temps pour un dimanche. Au cinquième coup de la sonnerie, une voix empâtée se fait finalement entendre. Marie-Héléna aborde directement l'adolescent:

— Ça te dirait de faire un peu d'argent de poche aujourd'hui?

La proposition a l'effet d'un réveille-matin. Karl refait rapidement surface à la vie.

— Bien sûr! Comment? Où? À quelle heure?

— Tout de suite, chez mon amie Margo, en l'aidant à repeindre son appartement.

— J'arrive dans..., répond-il en calculant mentalement le temps nécessaire à un déjeuner, une douche et au transport... trente minutes. Ça ira? Au fait, il est quelle heure?

— Neuf heures moins quart.

— Ha! C'est trop de bonne heure. À tantôt, fait-il en raccrochant.

Voilà une agréable façon de commencer un dimanche, accomplir deux bonnes actions d'un seul coup: elle a trouvé un aide pour son amie tout en permettant à son petit-fils de gagner quelques sous supplémentaires. Il est vrai que la proposition émanait de Marguerite, mais elle a en quelque sorte servi d'agent de communication entre les deux parties.

A-t-elle le temps de se rendre à l'église pour la messe de neuf heures? Tant pis, si elle est en retard, elle préfère cette petite cérémonie à celle, plus longue, de dix heures. Protégée par son large parapluie bleu, elle presse le pas, passe derrière le presbytère et entre par l'entrée principale.

C'est bien ce qu'elle pensait, l'office est déjà commencé. Elle essaie de ne pas faire de bruit, mais les talons de ses souliers vernis frappent doucement sur le dallage et produisent un «toc» amplifié par l'écho. Elle a l'impression que tous les regards convergent vers elle. Évidemment, les bancs arrière sont tous occupés. Elle avance dans l'allée centrale en maugréant. Pourquoi est-elle entrée par cette porte? Elle aurait eu plus de chance de ne pas se faire remarquer en passant par le côté. Un éléphant à pois roses sur la branche d'un lilas n'attirerait pas plus l'attention.

Gênée, elle se glisse précipitamment dans la première place libre. Elle s'excuse en chuchotant d'avoir marché sur le pied d'un homme et frappé le genou d'une femme avec son parapluie mouillé. Ouf! elle est enfin assise. Elle s'installe, se met à son aise, déboutonne son imperméable en jetant un coup d'œil au prêtre. Où peut-il bien en être rendu? Elle fouille dans sa sacoche, sort un vieux missel à tranche dorée, au cuir patiné par l'abus de dévotions. Ayant finalement trouvé son repère, elle relève la tête. C'est à son tour d'examiner les gens autour d'elle.

Le couple à sa droite lui est inconnu et n'offre rien de particulier. Un couple dans la cinquantaine, ordinaire, banal, inintéressant. Devant elle, une femme porte un petit chapeau aux couleurs du printemps, bleu ciel avec une plume rose. Elle est accompagnée de deux jeunes enfants qui se chamaillent et se tiraillent. Marie-Héléna se tourne vers ses voisins de gauche et fige sur place. Tout près d'elle, assez près pour qu'elle puisse entendre leur respiration, les deux représentants de la famille Labonté la fixent.

Son sourire poli, son salut de la tête ne réussissent pas à cacher son trouble. Elle en est certaine. Elle croit que ses joues sont aussi rouges que des charbons ardents. D'ailleurs, elles en ont la chaleur. Pourquoi s'est-elle retournée si subitement? C'était un geste ridicule dont elle a honte. Après tout, elle n'est coupable de rien. Il n'y a que ceux qui ont quelque chose à cacher qui se sauvent.

Décidant de faire front, elle se penche vers monsieur Labonté et use de politesse pour s'informer à mi-voix de son état de santé. La politesse est l'arme de défense et l'outil de séduction privilégiés de Marie-Héléna. Une longue pratique lui a enseigné que personne ne résiste à cela. Enfin presque personne. Si monsieur Labonté, toujours coincé dans son carcan, semble heureux de son initiative (il a bien besoin de confier à quelqu'un ses petits et ses grands problèmes de santé), il en va autrement de son fils.

Toute la peur qu'il a vécue l'autre jour en vélo, s'est transformée en amertume qu'il souhaite ardemment décharger avec hargne sur la petite dame. Ses joues rebondies ont une teinte jaunâtre et ses lèvres charnues blêmissent parce qu'elles sont trop crispées. L'échec de sa filature mêlé à la bienveillance hypocrite de la vieille lui semblent difficiles à digérer. Ce haut-le-cœur le pousse à s'écrier:

— Que cé que ça peut ben vous faire, à vous? Hein? C'est pas de vos affaires...

L'attaque est directe et prononcée à voix suffisamment forte pour que les voisins immédiats se retournent, surpris. Aucune réplique ne vient à l'esprit de Marie-Héléna, alors elle sourit, bêtement, comme un enfant qui attend que passe l'orage parental déclenché par une gaffe. Pas un sourire grossier, incorrect, mais une espèce de grimace signifiant «je ne savais pas que ça ferait ça». Une grimace-sourire qui empêche de montrer son désarroi.

Sans retenue, l'homme, penché par-dessus son père, déferle ses récriminations à la figure de son ennemie jurée. Elle s'efforce de supporter avec dignité cette pénible épreuve.

«Ce qu'il peut parler fort cet imbécile, personne ne lui a jamais montré à chuchoter. Et quel moulin à paroles! puisse-t-il s'étouffer avec sa bave», pense-t-elle tout à coup. Son sourire s'accentue en imaginant ce crapaud de bénitier (ouaouaron, conviendrait-il mieux à sa corpulence?) foudroyé d'une crise d'apoplexie ou de dyspnée asthmatique.

Devant ce sourire, narquois, Labonté Jr vire du jaune au rouge, comme un feu de circulation. Malheureusement, il n'arrête pas pour autant de pester contre elle. Il va même jusqu'à la traiter de sorcière. De plus en plus de gens se retournent vers eux. Les deux petits enfants ont cessé leur dispute et, debout sur leur banc, ils observent la scène. Quand Junior, exalté par sa propre colère, tape du poing sur le prie-Dieu, les bambins l'imitent en riant.

Il se tait et remarque avec horreur le silence accusateur qui fige l'assistance. Les yeux de tous les paroissiens sont fixés sur lui, même le prêtre s'est transformé en statue de sel sous l'effet de ce sacrilège de lèse-catholicité. Il n'en faut pas plus pour que Georges Jr devienne vert et, congestionné par la honte de son acte irrespectueux, il décampe en claquant trop fort, sur le sol, la canne sur laquelle il s'appuie.

Lentement, les visages se retournent dans un murmure désapprobateur. Le prêtre toussote et cherche dans son livre liturgique le passage où il a été interrompu. Étrangement, le reste de la cérémonie se déroule sur un rythme accéléré. Quelques fidèles ont même l'impression que certains rites ont été escamotés. Monsieur Labonté et madame Jodoin demeurent silencieux.

Quand la célébration est terminée, l'officiant traverse la foule des croyants pour se placer devant le pauvre homme encastré dans son collier chirurgical. Lent et maladroit, il devient une proie facile pour l'épervier clérical qui se jette sur lui. S'il le pouvait, Georges Labonté baisserait la tête sous la semonce, comme il l'a toujours fait durant sa longue vie.

Seulement voilà, le cou ne plie pas et l'oblige à regarder le religieux droit dans les yeux. Il se surprend à trouver cela moins pénible qu'il le croyait. Il s'étonne encore davantage d'entendre sa propre voix répondre sans tremblement que son fils se présentera au confessionnal si ça lui chante, que Junior est assez vieux pour savoir ce qu'il fait et que lui, Georges Labonté Senior ne se sent responsable que de sa petite personne.

Le prêtre pince les lèvres et laisse tomber son fiel:

— Hé bien! que votre fils n'oublie pas que la colère est inscrite en lettres de feu sur la liste des péchés capitaux!

Sur ce, l'amoncellement de toiles noires et blanches virevolte dans un frou-frou semblable à un bruissement d'ailes. Cette courte discussion laisse à Labonté l'impression d'avoir grimpé un échelon dans l'appréciation de soi-même. Son moi intérieur a grandi et une petite joie sentant la fierté lui réchauffe le cœur. Est-ce le début d'une libération dont il n'est pas encore conscient? Il ressent une joie qu'il veut partager avec quelqu'un, avec la personne la plus près de lui, en l'occurrence Marie-Héléna.

Il lui tend le bras et lui propose de faire un bout de chemin ensemble. Par sympathie et pitié pour un blessé, elle accepte.

— Je devrais probablement m'excuser pour la mauvaise conduite de mon fils, mais je ne le ferai pas, dit-il de but en blanc. Oh! n'allez pas croire que je considère qu'il a bien agi, non, pas du tout. Seulement, il est peut-être grandement temps que j'apprenne à me dissocier de lui.

— Dissocier? Dans quel sens entendez-vous cela?

Labonté réfléchit, cherche les bons mots et dit lentement:

— Cet enfant a toujours pris une grande place dans ma vie, trop grande. Comme vous avez pu le constater, il a beaucoup de caractère. Non, ce n'est pas tout à fait ça. Il a une personnalité ambivalente, contradictoire. Autant il a de l'assurance dans certaines occasions, autant il manque d'aplomb dans d'autres. C'est peut-être de la faute de sa mère ou de la mienne. Elle le gâtait, le protégeait à l'excès et je l'ai laissée faire. Ce n'est que lorsqu'elle est morte que j'ai vraiment réalisé qu'il vivait toujours à la maison à 38 ans. Vous rendez-vous compte? Comme si je ne l'avais pas vu vieillir. Il demeurait avec moi et je ne m'en étais jamais occupé. C'est affreux, n'est-ce pas?

Marie-Héléna lui répond que ce sont des choses qui arrivent. Surtout chez les hommes, ils sont moins souvent à la maison et délèguent à leur femme la corvée d'éducation des enfants. Enfin, c'était surtout vrai dans son temps, parce que maintenant, elle espère que les choses ont évolué...

— Mais le pire, reprend-il, c'est que je me suis senti coupable et j'ai fait comme ma femme. J'ai laissé Junior mener sa vie et la mienne à sa guise. J'ai essayé d'obéir à tous ses désirs, pour lui faire plaisir. Il est devenu le «boss» de la maison.

— C'est étonnant que vous réalisez cela tout à coup!

— C'est grâce à l'hôpital. Oui, vraiment! Là-bas, j'ai réalisé que je ne pouvais pas prendre une décision seul. À la moindre occasion, je me demandais ce que ferait Junior. Choisirait-il le pâté de poulet ou les croquettes de saumon? Irait-il prendre son bain avant ou après le souper? Regarderait-il le match de hockey ou le film?

Marie-Héléna n'en revient pas. Peut-on perdre à ce point toute autonomie? Elle n'abandonnerait pas sa chère indépendance pour rien au monde.

— Ça vous paraît ridicule, pas vrai? C'est ce que je me suis dit, moi aussi. Et j'ai compris que lui, c'est lui, et moi, c'est moi! Finalement, si ça ne m'avait pas fait aussi mal, j'irais jusqu'à dire que c'est une bonne chose que ma chute dans votre escalier, ajoute-t-il en souriant franchement.

— C'est bien la première fois que j'entends un pareil discours, réplique-t-elle en le trouvant de plus en plus sympathique. À propos de cette chute, il y a un point que j'aimerais que vous m'expliquiez. Comment avez-vous fait pour glisser?

— Difficile à dire! J'ai eu l'impression que mon pied était coincé dans la marche, ou mieux dans une corde placée en travers. Incroyable, hein! J'ai simplement dû m'accrocher dans ma jambe, mais en tombant c'est ce que je m'étais imaginé.

Elle se garde bien de le détromper. C'est une preuve de plus dans le panier de Karl. À la rue suivante, ils se saluent et prennent chacun une direction différente. En s'éloignant, elle se dit que le bonhomme n'est pas si désagréable que cela. C'est un homme bien, finalement. Elle croit même, à sa façon de parler, qu'il est plus instruit qu'il en a l'air.

Puis, elle pense tout à coup qu'elle a oublié Margo. Si elle allait à église, c'était pour elle. Pour prier afin qu'elle surmonte son terrible malheur. Tant pis, elle se rattrapera une autre fois. Frissonnante, elle remonte le col de son imperméable et accélère le pas. Et cette pluie qui ne veut pas cesser!

○

Des petits points blancs en guise de taches de rousseur, Karl arbore un magnifique œil au beurre noir et une lèvre fendue à demi cicatrisée quand il rentre chez lui après une journée de travail au logement de Marguerite Sigouin. En le voyant, Marie-Héléna qui lui ouvre la porte, ne peut s'empêcher de s'écrier:

— Tu t'es battu! Avec qui?

C'est Jacques qui sort de sa cuisine, une louche à la main et qui lui explique la provenance de ces marques. Jeudi, son fils s'est transformé en boxeur, supposément pour se défendre contre un autre jeune de sa classe.

Karl se demande en soupirant pourquoi les parents ne croient jamais leurs enfants. Pendant que son père raconte à Mamie tous les détails de l'événement, il se rappelle le savon qu'il s'est fait passer l'autre soir. Il y avait longtemps qu'il n'avait pas vu Jacques aussi furieux. Il pestait contre lui et mélangeait tout.

— T'as pas honte de te battre comme un chat de gouttière?

— D.J. m'a attaqué, fallait bien que je me défende.

— Facile à dire, t'aurais mieux fait d'éviter la bataille.

— J'aurais voulu te voir à ma place. Pis j'aurais eu l'air de quoi, si je m'étais sauvé?

— Prends pas ce ton-là avec moi, mon garçon. Au lieu de faire des dessins obscènes, tu ferais mieux d'écouter en classe. Les mathématiques, c'est important si tu veux réussir dans la vie.

Sans porter attention aux explications de Karl, son père y était allé d'une longue tirade sur les bienfaits des sciences sur son avenir de futur travaillant. Karl en avait profité pour lui glisser sous le nez son examen gratifié d'une excellente note, d'après lui. Oubliant de le féliciter, son père avait répliqué qu'il pouvait faire mieux en ne manquant plus de cours.

L'adolescent lui avait alors relaté son expédition de l'avant-midi, la poursuite en bicyclette, sa découverte sur le piège dans l'escalier de sa Marie-Héléna.

— C'est le bouquet! s'était exclamé Jacques. Tu quittes l'école pour aller faire peur à ta grand-mère avec une version abracadabrante de piège à ours. Mais à quoi tu penses? Ta pauvre Mamie doit être folle d'inquiétude!

— Pas du tout! Elle n'a pas eu l'air de me croire...

— Moi non plus, je ne te crois pas. Comment veux-tu, après ça, que j'explique au policier que tu es un enfant irréprochable, qui a une attitude correcte en classe.

C'était donc pour ça qu'il était en colère, à cause des apparences. De quoi aurait-il l'air, lui, le père de famille par excellence? Jamais de sa vie, Karl n'était passé aussi près d'envoyer son père au diable. Qu'est-ce qui l'en avait empêché? Sa bonne éducation? Son amour profond (et profondément caché, en cet instant) pour son père? Il ne saurait le dire.

Il avait bien claqué la porte de sa chambre en s'y engouffrant. Il avait aussi marmonné quelques chapelets de jurons, comme quand il était tout petit et qu'il sacrait à répétition pour le simple plaisir de voir quelqu'un réagir. Une dizaine de minutes plus tard, Jacques était venu s'assoir sur le lit, près de lui. D'un ton plus calme, il avait dit, l'œil railleur:

— J'espère au moins que c'est toi qui as gagné le combat?

Karl avait souri et la paix était revenu entre eux. Il avait eu droit à des félicitations pour ses bons résultats scolaires et même une demande d'explications plus approfondies sur la corde dans l'escalier. Ce qu'il avait fait avec un plaisir évident. Enfin, quelqu'un consentait à l'écouter sans taxer ses dires d'imagination débordante, quelqu'un d'attentif et d'impressionné par l'ingéniosité du système.

— Je crois fiston, que nous avons affaire à un assassin plutôt déluré, avait conclu Jacques.

C'est un peu la raison pour laquelle, ce soir, il a invité sa belle-mère à souper, pour discuter sérieusement de sa sécurité. Elle est arrivée à peine une demi-heure avant son petit-fils. Jacques, qui adopte occasionnellement le rôle de maître cuisinier, n'a pas encore eu le temps de causer avec elle. Il est trop occupé par son potage aux fruits de mer. Ne se transforme pas en grand chef qui veut! À défaut d'expérience, il doit se rabattre sur un livre de recettes aux explications détaillées. Comment pourrait-il consulter, hacher menu, remuer vivement et bavarder tout à la fois?

— J'ai faim, annonce son fils sur un ton sans réplique et qui met un terme à l'histoire de Jacques.

— Ça vient, ça vient, un peu de patience. Aide-moi donc à mettre la table. Un vrai affamé, celui-là, ajoute-t-il pour Marie-Héléna.

Karl engouffre la moitié de la croûte du pain avant de sortir l'attirail de porcelaine nécessaire à un repas civilisé. Puis, après quelques instants d'un silence froissé par les cliquetis des cuillers et le bruit de succion du liquide, Jacques se décide à aborder le sujet:

— Karl m'a exposé comment on aurait pu tendre une corde dans votre escalier. Je dois avouer que cette façon de s'y prendre me semble plausible. À tel point, que je crois à son hypothèse des deux attentats. Qu'en pensez-vous?

— Entièrement d'accord, répond-elle d'un air détaché.

L'adolescent en avale sa crevette de travers.

— Comment ça, d'accord? s'écrie-t-il en toussant. Jeudi, tu m'accusais presque de fabuler, et maintenant... Qu'est-ce qui t'a fait changer d'idée?

— Oh! rien. Enfin, je veux dire... commence-t-elle pour gagner du temps.

Doit-elle leur avouer qu'elle a vu monsieur Labonté? Elle hésite et finit par lancer:

— C'est la victime, elle-même. Oui, il m'a raconté sa chute, la façon dont il est tombé. Il a eu l'impression de s'accrocher dans quelque chose. Je dois bien me rendre à l'évidence, si le fil avait été tendu quand il est monté, il l'aurait vu. Alors... De plus, il est arrivé autre chose.

— Pas une autre tentative, dit Jacques en cessant de manger.

— Malheureusement oui, mais ne vous inquiétez pas, aucun mort, ni blessé. C'est seulement Choupette qui s'est prise dans un gros collet à lièvre.

— Choupette! Elle va bien? Il était où, le piège? Comment a-t-elle..., s'énerve Karl.

— Je t'assure qu'elle va bien. Elle a à peine une égratignure sur une patte et quelques poils arrachés. Rien de grave! C'est un fil de métal qui était dissimulé dans le chêne, juste à la hauteur d'une tête d'homme. J'imagine qu'en voulant sauter d'une branche, ma chatte a déclenché le mécanisme et s'est coincée dedans.

— Vous avez avisé les policiers? Ont-ils réussi à trouver des indices, cette fois? s'informe Jacques.

— Je ne pense pas, le détective avait l'air plutôt embêté. Ils ont passé une partie de l'après-midi à scruter le gazon, à ramasser tout ce qui pouvait traîner autour de l'arbre. Ils ont encore interrogé les voisins, juste au cas où quelqu'un aurait vu quelque chose, sans grand résultat, je crois.

— Pourtant les curieuses ne manquent pas autour de chez toi, ironise Karl. D'un côté, la commère Giroux qui est toujours à la recherche des potins les plus croustillants. En arrière, la vieille fille qui doit avoir son nez imprimé dans sa fenêtre de cuisine à force de zieuter les voisins. Et, sans oublier celle qui fait du vaudou en bas de chez toi. Il faut bien qu'elle trouve ses renseignements quelque part. Dans sa boule de cristal, peut-être?

— Tu mélanges tout, l'interrompt Marie-Héléna. C'est de la cartomancie, pas du vaudou.

— Ce n'est pas «parent»?

— Pas du tout! Ça n'a rien à voir. Tu te trompes, comme pour Marguerite qui ne zieute pas, elle s'ennuie. Il y a une énorme différence. J'aimerais que tu aies un peu plus de respect pour elle.

Le ton de sa grand-mère ne souffre aucune contradiction. Karl réalise qu'il a abordé un sujet délicat. Il s'excuse d'une façon vague.

— Je ne pensais pas que tu prendrais ça ainsi. D'accord, elle est ton amie, j'ai compris. Je n'y touche plus.

Jacques, par une habitude qu'il a développée depuis longtemps, les laisse se chamailler verbalement et réfléchit. Puis, à brûle-pourpoint, il demande à sa belle-mère:

— Vous avez dit que le collet était à hauteur d'homme, entendez-vous par là qu'il était au-dessus de votre tête? Comme s'il m'était destiné? Ou «homme» a-t-il un sens plus général?

La vieille dame le regarde, surprise, elle n'avait pas pensé à l'ambiguïté du terme. La remarque demande réflexion.

— Je ne sais pas vraiment. Quand j'ai défait le nœud, Choupette pendait dedans, alors...

Elle lève les bras et imite le geste de détacher son animal.

— Plus haut que moi, je crois. Oui, plus haut, ajoute-t-elle avec assurance.

— Voilà qui est parfait, commente Jacques. Cela concorde avec les autres attentats. Vous étiez trop petite pour vous prendre la tête dans le piège, donc il ne vous était pas destiné. Exactement comme les deux autres.

— Tu penses qu'on cherche à tuer un homme! s'exclame son fils.

— C'est probable. On s'attaque à une personne plus grande que vous, ajoute-t-il en se tournant vers Marie-Héléna.

— Ou on essaie seulement de m'effrayer?

— Non, je ne pense pas. Réfléchissez, si personne ne se prend dans le piège, vous ne pouvez pas avoir peur. Et si quelqu'un se pend, il meurt sans rémission. À mes yeux, ça c'est vraiment une tentative de meurtre.

Jacques fixe des yeux sa belle-mère qui se contente de remuer son potage, sans en avaler une bouchée. Karl, à qui rien ne semble pouvoir couper l'appétit, se sert un deuxième bol dans lequel il trempe généreusement son pain. Marie-Héléna soupire en secouant lentement la tête.

— Si seulement nous savions qui on cherche à tuer, nous pourrions l'aider.

— Nous avons si peu d'indications, ce n'est pas facile à découvrir, renchérit Jacques.

— Pas d'accord, intervient Karl en retirant la cuiller des sa bouche. Première-ment, on sait que ce n'est pas Mamie.

Il cesse de parler pour mieux ingurgiter.

— C'est rassurant, mais c'est quand même peu comme... commence Jacques.

— J'ai pas fini, attends, reprend l'adolescent. Deuxièmement, la victime est plus grande que Mamie, puisque le collet était plus haut que sa tête. Troisièmement, c'est une personne familière de l'endroit, puisque les pièges ont été placés d'une façon régulière. Je veux dire qu'il y en a eu trois en une semaine environ. C'est donc pour quelqu'un qui vient souvent chez toi, qui monte dans ton escalier, qui attend sur ton balcon et qui passe près du chêne...

Ses dernière paroles ont été prononcées lentement parce qu'une image a subitement pris forme dans sa tête. La vision d'une femme, grande, silencieuse et qui arrive toujours par la cour de sa grand-mère, s'impose à lui. Le regard qu'il lance à Mamie est plein d'appréhension. Elle aussi a eu la même idée.

— La vieille fille, murmure-t-il.

— Voyons donc, Karl! s'écrie Marie-Héléna, qui pourrait lui vouloir du mal à ce point. Ça n'a aucun sens! D'ailleurs, pour la tentative avec le couteau, elle n'avait aucune raison de venir me voir le lundi matin.

— Mais si, au contraire, on devait aller à la chasse aux champignons, justement lundi. Tu ne te rappelles pas?

— C'était lundi, vraiment? s'inquiète-t-elle, perdue dans ses journées.

— Oui, oui, ma journée pédagogique était lundi et je devais vous accompagner.

— Je dois admettre que tu as raison, mais ça me trouble. C'est terrible, épouvantable! Jacques, c'est impossible?

Elle se tourne vers lui comme vers une bouée de secours. Ses yeux sont chargés de crainte.

Drôle de bonne femme, ne peut s'empêcher de penser son gendre. Quand tout le monde s'inquiétait pour elle, elle ne semblait avoir peur de rien. Maintenant qu'elle n'est plus en cause, elle tremble presque. Il voudrait bien la rassurer, mais les faits sont troublants.

— J'ai d'abord cru que la victime possible était un homme à cause de la taille, mais il faut bien admettre que votre amie est très grande pour une femme. Qui d'autre passe régulièrement sous le chêne pour vous visiter?

Marie-Héléna lâche un cri de désespoir:

— Pourquoi? Pourquoi lui ferait-on du mal? Elle... Je ne comprends pas.

Jacques réagit rapidement. En lui prenant la main, il dit d'un ton qui se veut convaincant:

— Écoutez, belle-maman. Il ne s'agit que d'une hypothèse qui est fort probablement fausse.

Pour ne pas être contredit, il lance un coup de pied à son fils sous la table qui comprend immédiatement le sous-entendu.

— C'est vrai Mamie. Tu le sais, je dis souvent n'importe quoi. Je cherchais une idée, c'est tout. Je me suis fourré, pardon, fourvoyé, ajoute-t-il très vite avant d'être corrigé par son père.

Celui-ci reprend:

— J'ajouterais même que nous nous sommes tous fourvoyés en imaginant qu'il y a une victime bien précise. Si on se fie au genre d'attentats, il semble plus probable qu'il s'agisse d'un maniaque qui prend plaisir à effrayer et à blesser les gens. En effet, si quelqu'un voulait vraiment tuer Mme Sigouin, il aurait beau jeu de le faire. Elle habite seule, il n'aurait qu'à sonner et, quand elle ouvrirait, sauter sur elle. Non, vraiment, il ne faut pas vous inquiéter pour votre voisine.

Il lui fait un sourire qui se veut encourageant et serre sa main un peu plus fort. Il espère que ses paroles ont visé juste mais, au fond de lui, il est plutôt alarmé. L'hypothèse du maniaque est plausible, mais... Il se peut aussi que le tueur soit un être faible, peureux et qui préfère agir à distance. Si Marguerite sait que quelqu'un lui veut du mal, il n'est pas certain qu'elle n'ouvrirait pas la porte à cette personne. Tant de si et de peut-être se heurtent dans sa tête qu'il n'est sûr de rien.

Marie-Héléna, toute pâle, se force pour sourire et, comme elle le fait souvent quand elle ne veut plus discuter, change de sujet.

— Ton potage était excellent. Avec un aussi bon cuisinier, je comprends pourquoi Karl grandit si vite.

Le reste du repas se poursuit, à peine entrecoupé de quelques échanges empreints de banalités. La soirée est courte et peu animée, chacun étant trop préoccupé par ses réflexions. Laissant Karl, seul à la maison, Jacques reconduit sa belle-mère en voiture. Un silence lourd s'installe entre eux.

Il voudrait lui dire quelque chose, mais quoi? Qu'il n'y a pas à s'inquiéter, que tout va bien? Mensonge dont elle ne serait pas dupe. Marie-Héléna est beaucoup trop intelligente pour gober cela et il ne tient pas à l'insulter. Il a bien l'impression que, tout à l'heure, au souper, elle n'a donné que peu de valeur à son explication sur le maniaque.

Il ralentit et arrête la voiture devant sa porte. Elle ne sort pas tout de suite, mais se retourne vers lui et dit d'un ton maternel:

— T'en fais pas, mon grand, j'en ai vu d'autres. Je suis prête à *toutes* éventualités.

— Ce qui veut dire?

— S'il s'agit d'un maniaque, je serai sur mes gardes. Je regarderai par deux fois où je mets les pieds. Je penserai avant d'agir, c'est ce que l'on dit toujours aux enfants, non? Eh bien! Je mettrai cet axiome en pratique. Il me suffit d'être un peu plus prudente et réfléchie.

Marie-Héléna lui lance un regard où perce un brin de malice et de provocation. Jacques hésite un peu et demande:

— Et pour l'autre possibilité?

— Je m'arrangera pour que Margo me visite moins souvent, puisqu'il semble que c'est chez moi qu'on veut la faire disparaître. Peut-être espère-t-on que le crime me passera sur le dos?

— Il faudrait discuter de cela avec les policiers.

— Je m'en charge, propose-t-elle aussitôt. Demain, matin, je téléphonerai au détective Caron. Il pourrait installer une surveillance autour d'elle.

— Il devrait surtout le faire ici, autour de vous.

Marie-Héléna sourit en expliquant avec un geste de la main:

— Il y a déjà pensé. Regarde!

Une Escort est garée de l'autre côté de la rue. Les vitres sont embuées et à moitié baissées. Un faible nuage de pollution créé par une cigarette s'en échappe.

— Plus ou moins discret, à ce que je vois, remarque Jacques.

— Suffisamment pour que tu ne les aies pas vus!

Il approuve d'un hochement de tête, tout en se disant qu'il n'est pas un malfaiteur aux aguets. Ce qui est une différence notable. Il ajoute:

— Faites tout de même attention à vous.

Elle l'embrasse sur la joue et murmure un «Bonsoir, mon garçon» avant de descendre de l'automobile. Il attend qu'elle soit entrée chez elle avant de démarrer. Il évite de saluer les policiers, ça les vexerait peut-être de ne pas passer inaperçus?

14

Le châtiment

Les yeux grands ouverts, Marie-Héléna soupire et se retourne dans son lit. Combien d'heures a-t-elle dormi cette nuit? Trois ou quatre, elle n'en est pas certaine, mais très peu en tout cas. Elle a passé la nuit à chercher des raisons d'éliminer Margo. Aucune ne lui a semblé suffisamment grave pour lui vouloir du mal.

Évidemment, elle ignore des tas de choses sur la vie de son amie. Ses confidences sont rarissimes et sélectives. Tout de même, on ne tue pas les gens pour le plaisir... quoique, les fous, ça existe.

Elle s'assoit lentement et tire sur ses pieds sa couverture de laine. Elle place ensuite ses oreillers pour s'adosser au mur. Choupette qui n'attendait que cette invitation, saute lestement sur ses genoux et ronronne bruyamment. La vieille dame vérifie l'état de la plaie sur la patte de sa chatte.

— C'est beau, ma minoune. Ça guérit bien, bientôt tu seras comme une neuve, dit-elle en la caressant derrière les oreilles. Ça ne me fait pas plaisir que tu te sois blessée, mais j'avoue que je trouve cela préférable. Qu'est-ce que j'aurais fait si j'avais vu quelqu'un pendu dans l'arbre?

Un frisson lui parcourt le dos. Elle se couvre un peu plus et poursuit son soliloque.

— Récapitulons. Premier incident, une corde est tendue dans l'escalier, mais elle n'est efficace que si quelqu'un monte et redescend. Grâce au bloc de glace, si on admet cette preuve fondante, ce que je fais. Le petit plomb n'était pas assez lourd pour retenir le pied de quelqu'un. Et comme il n'y avait rien d'autre par terre... Oui, j'opte pour la glace. Déjà là, ça me met hors de cause. Moi, en partant du haut, je n'avais qu'à descendre, mais... si une personne était venue me chercher ce matin-là et que je sois partie avec elle, l'une ou l'autre de nous deux aurait pu dégringoler!

Avait-elle quelque chose de particulier à faire le mercredi de l'accident? Elle a beau se creuser les méninges, elle ne se rappelle pas. C'est le jour où il y avait de la neige, ce qui l'a empêchée de faire sa promenade matinale. Qui, à l'exception de M. Labonté, a-t-elle vu ce jour-là? Karl! Il a dîné chez elle. Elle songe soudain à quelque chose de bizarre: le mercredi midi, elle n'a rien dit de l'accident du matin à son petit-fils! Pourquoi? Elle aurait dû normalement le lui raconter durant le repas. Qu'est-ce qui l'en empêché? Avait-elle déjà l'impression que ce n'était pas un accident naturel? Ou, au contraire, trouvait-elle cela trop banal? Impossible de se rappeler.

— Passons maintenant au deuxième accident, le couteau, prononce-t-elle à haute voix pour mieux chasser l'impression étrange qui l'a envahie. Il ne pouvait pas m'être destiné, car étant déjà dans la maison, j'ouvre la porte de l'intérieur. Alors qui devait me visiter? Karl? Lui aussi était à l'intérieur. Le livreur de pizza? Ridicule, qui pouvait se douter que nous aurions faim. Margo?

Elle soupire tristement. Son amie avait bien dit qu'elle reviendrait le lendemain pour aller aux champignons avec elle et Karl. Qui était au courant? Elle-même n'en avait parlé à personne. N'étaient-ils pas tous les trois dehors, quand ils en avaient discuté? Ça voudrait dire que l'agresseur se trouvait près d'eux. Non, vraiment, c'est impossible. Elle ne peut soupçonner aucun de ses voisins. Malgré sa longue expérience de la vie et des êtres humains, elle ne peut croire à tant de méchanceté de la part de gens qu'elle connaît, ne serait-ce que de vue. Et puis, Margo ne devait se présenter que l'après-midi! Elle et son petit-fils avaient toute la matinée pour ouvrir la porte et déclencher le mécanisme.

— Troisième et dernier attentat, enfin je l'espère, le collet dans l'arbre, reprend-elle pensive. À hauteur d'homme, donc qui n'est pas destiné à un animal, sauf peut-être à ceux qui savent grimper aux arbres. Pauvre Choupette, est-ce que quelqu'un veut se débarrasser de toi? Une si gentille petite bête. Ça m'étonnerait pourtant. Le collet était beaucoup trop gros pour toi. La preuve en est que tu es passée au travers. Un peu plus d'adresse de ta part et tu ne restais pas coincée dedans. De plus, j'ai vraiment l'impression, et je ne suis pas la seule, le détective avait l'air du même avis, qu'on avait tracé un chemin avec la merde. Exprès pour que quelqu'un passe au bon endroit et qu'il ne regarde pas en l'air. Qui passe régulièrement près de l'arbre?

Marguerite! Il n'y a qu'elle pour emprunter le passage entre les deux maisons et traverser la cour pour se rendre à son domicile.

Marie-Héléna se lève en rejetant vivement ses couvertures au pied de son lit ensevelissant ainsi sa chatte. La pauvre bête lance un miaulement plaintif à peine audible, mais sa maîtresse est déjà loin. Elle a décidé de protéger son amie. Comment s'y prendra-t-elle? Elle y réfléchit en déjeunant. En tout cas, pas question de l'inquiéter en lui faisant part de ses appréhensions. Il ne lui reste qu'une option, l'éloigner de chez elle par tous les moyens. Et les policiers? Doit-elle les prévenir? Cela vaudrait mieux.

Elle s'habille et regarde dehors. La voiture fantôme de la police n'est plus dans la rue. Évidemment, il ne surveillent que la nuit, ils doivent probablement se dire que si personne ne prépare de piège dans la soirée, tout ira bien le jour. Elle prend le téléphone. Malheureusement, l'employé de la réception lui annonce que le sergent-détective est absent pour l'instant. Elle ne laisse aucun message, préférant rappeler plus tard. Elle compose un autre numéro.

— Margo, comment vas-tu ce matin? Serais-tu en forme pour sortir avec moi? Je trouve la journée trop grise, j'ai besoin de prendre l'air. Que dirais-tu d'une promenade dans le bas de Lachine? On pourrait faire le tour des boutiques sur la grande rue.

La réponse négative de son amie défait son projet. Après lui avoir souhaité une bonne journée et de bien se reposer (c'était son excuse pour ne pas l'accompagner) elle raccroche déçue. Elle n'a pas de chance au téléphone ce matin. Elle doit tout de même éviter que son amie ne se présente chez elle puisqu'il semble que c'est toujours ici que l'on attente à sa vie. Alors, elle sortira seule. Moins elle sera présente à la maison, moins Margo sera tentée de s'y présenter. Sans se demander combien de temps elle pourra poursuivre son manège, elle se prépare à sortir.

Pour allonger le temps et prendre de l'exercice, elle marche jusqu'à la rue Notre-Dame. En passant devant le marché extérieur, elle regrette que ce ne soit pas encore l'été. Elle aime tant se promener dans l'allée centrale en humant les fruits et légumes frais cueillis, alignés sur les longues tables, classés dans des petits paniers et offerts à la gourmandise des yeux.

Elle glisse les mains dans ses poches. Il ne fait pas chaud, elle aurait dû mettre ses gants. L'opération lèche-vitrine débute. À la boutique de tricot, elle farfouille dans les balles de laine entassées dans des petits barils, dans l'espoir d'y découvrir la couleur et la texture qui l'inspireront. Ce vert lime ferait un bon chandail pour Karl, il aime tellement les nouvelles teintes fluorescentes. Ce bleu royal serait excellent pour une veste pour son gendre.

Elle hésite, compare les matériaux et sort finalement du magasin avec de la laine saumon pour se faire des bas et un catalogue de tricots pour hommes. Elle préfère leur montrer les modèles avant de commencer à travailler. Pourquoi gaspiller tant d'heures d'ouvrage pour rien, s'ils n'aiment pas cela?

Les boutiques se suivent et se ressemblent. On y retrouve partout les mêmes ensembles, des chemisiers par trop semblables. Toujours la mode qui mène. Et puis, au fond, ça ne la captive pas beaucoup. Elle triche, elle ne s'intéresse à ce qu'elle voit qu'en apparence. Le problème qui la préoccupe est plus vital que le dernier cri dans l'habillement.

Elle ne parvient pas à se convaincre que quelqu'un en veut à Marguerite. Pourquoi? Qu'est-ce qui peut pousser une personne à en tuer une autre? Pourquoi tant d'agressivité s'il n'y a pas de victime choisie au départ? Peut-on être fou au point de vouloir éliminer un innocent, n'importe qui? Tout cela lui semble ridicule, comme un mauvais rêve ou une blague qui tourne mal.

Dans le rayon des cadeaux-souvenirs, elle déplace les bibelots, les tirelires en porcelaine, tout en se demandant s'il peut y avoir une autre cible que son amie. Elle tourne et retourne les objets entre ses doigts quand l'évidence la frappe de plein fouet. Elle est tellement saisie et éblouie par cette révélation qu'elle en échappe la frêle babiole de faïence. Celle-ci éclate en morceaux en frappant le sol.

La vendeuse lui lance un regard furieux et claque de la langue en signe de désapprobation. Marie-Héléna retient son envie de courir dehors pendant qu'elle paie les dégâts. Puis, c'est la course. Aucun taxi à l'horizon et les autobus n'étant pas assez réguliers, elle revient en marchant.

L'angoisse d'arriver trop tard et d'être pourtant si près de la solution, lui tenaille l'estomac. Et s'il fallait qu'il y ait une autre tentative ce matin? Elle allonge le pas autant qu'elle le peut, mais à son âge, on s'essouffle rapidement. Elle s'arrête à un banc du parc. La main sur le cœur, elle prend de grandes respirations. Ses genoux tremblent et ses mains sont moites. Elle ferme les yeux pour faire le calme en elle.

«Idiote que je suis, pourquoi ce matin, plus qu'un autre? Les policiers ont surveillé toute la nuit, il ne peut pas y avoir de piège. Pourquoi ce matin?»

Une petite voix intérieure lui répond que c'est justement un bon matin. Le chemin est libre, puisqu'elle est sortie. Sans témoin, c'est tellement plus simple...

Elle se relève, ordonne à son corps d'avancer. Encore deux rues, ce n'est plus tellement loin. Elle passe devant les maisons sans les voir, l'œil fixé sur la pancarte rouge indiquant un stop au coin de son avenue. Enfin, elle tourne à droite.

Elle aperçoit sa maison et devant, bloquant la route, deux voitures de police et une ambulance, phares allumés. Elle sait qu'elle arrive trop tard. Cette fois, le meurtrier a réussi. Elle ignore comment, mais elle en est certaine. L'ambulance démarre, passe près d'elle en faisant fonctionner sa sirène. Pour Marie-Héléna, ce bruit ressemble à un animal blessé qui hurle et agonise seul dans la forêt. L'appel à l'aide de la proie tombée sous les griffes du prédateur n'est pas plus pitoyable.

Une voiture s'arrête le long du trottoir. Le sergent-détective Caron en descend. À la vue de cette femme hébétée, abrutie par l'événement, il use de délicatesse. Ce n'est pas vraiment dans ses habitudes, il ne se définit pas comme un brutal, mais d'ordinaire, il aime que les choses tournent rondement. Il n'est pas encore certain de son innocence ou de sa culpabilité, mais dans les deux cas, elle semble marquée.

Elle ne réalise sa présence que lorsqu'il la prend par le bras. Ses yeux perdus reprennent vie et elle demande sans transition:

— Est-il mort?

Caron évite de répondre directement. Toute information étant susceptible de servir à son enquête, il la questionne plutôt:

— De qui voulez-vous parler? Qui doit mourir? Pourquoi quelqu'un devrait-il mourir?

— Je ne sais pas pourquoi, mais si vous êtes là, c'est que tout est terminé, non?

L'enquêteur approuve de la tête.

— J'espère que tout est terminé. Une victime, c'est bien assez. Vous allez venir au poste avec moi, nous y serons mieux pour discuter.

— Oui, ça me fera du bien d'en parler avec vous.

○

Marguerite raccroche le combiné, puis reste immobile quelques instants. Depuis deux jours, sa décision est prise. Finies, terminées les attaques à distance où le hasard joue un trop grand rôle. La prochaine fois sera la bonne. Elle ne peut plus se permettre aucune erreur. Elle a déjà trop attiré l'attention. Si seulement, cela avait pu fonctionner du premier coup, personne ne se serait douté de rien.

Le meurtre parfait déguisé en accident! Ce n'est pas qu'elle recherche la perfection à ce point. Non, c'est qu'elle aimerait ne pas recommencer et avoir la paix, surtout la paix. Ne pas être embêtée après par des complications juridiques. Ne rien changer à sa petite vie tranquille. S'il existait un moyen d'effacer le passé comme on enlève des taches sur un plancher. Combien de fois s'est-elle imaginée faire disparaître le mauvais souvenir qu'elle a au fond du cœur en éliminant d'une fenêtre les traces qui troublent la vue? La vitre devenait propre, mais elle y voyait toujours les saletés qu'elle avait endurées.

Elle est convaincue qu'en se vengeant, elle commet une bonne action, pour elle et pour l'humanité. Après tout, si Dieu a permis qu'elle retrouve la source de son plus grand malheur en lui faisant croiser son chemin, c'est sûrement pour qu'elle serve de justicier pour lui. Parce que la justice humaine n'existe pas dans ce bas monde. Elle est l'instrument de la vengeance, elle en est convaincue. Peu lui importe au fond que cette vengeance soit divine ou non.

Marguerite se dit qu'elle n'est pas folle, non. Elle souffre, elle est remplie de haine, d'accord, mais elle n'est pas folle. Dieu, ce n'est qu'un prétexte. En vérité, elle s'en balance de Lui. Durant toutes les épreuves qu'elle a traversées qu'a-t-Il fait pour lui venir en aide? Pas grand-chose, elle s'est débrouillée seule, sans aide, rejetée de tous.

Son cœur écorché, déchiqueté par la douleur lancinante de son premier, son unique amour, personne ne l'a pansé. Elle a bien tenté de le retrouver, son beau pêcheur, mais à quoi cela lui a-t-il servi? À souffrir davantage. Marié, avec déjà trois enfants. Ce n'était qu'une grande gueule, une grande gueule pourrie, sauvée des eaux pour faire le mal. Ce qu'elle a pu le haïr, cet homme, autant qu'elle l'a aimé!

Mais aujourd'hui, le destin lui offre la possibilité de déchirer une petite partie de son passé lésé par le bonheur. Elle ne va pas se gêner pour y mettre le feu. Le feu qui purifie l'âme. Cher Satan, prépare-toi à bien l'accueillir!

De sa fenêtre, elle surveille le départ de Marie-Héléna. Il est de loin préférable qu'elle n'assiste pas à cela. Tout sera plus facile, ainsi. Elle enfile son manteau, glisse ses mains dans de vieux gants de cuir usés, mais tellement souples qu'on dirait une deuxième peau.

Elle sort de chez elle et se dirige vers la remise au fond de sa cour. À l'intérieur, elle transvide le contenu d'un vieux gallon de vin en verre opaque dans un pot de deux litres de crème glacée vide, tout en évitant de respirer. Elle remet rapidement le couvercle sur le contenant de plastique et l'emporte avec elle en passant dans la cour voisine. Elle grimpe l'escalier de son amie, dépose son colis dans un coin du balcon et sort une clé de ses poches.

Il y a longtemps que les deux vieilles femmes se sont confiées les clés de leur appartement. C'est pour une question de sécurité mutuelle. Chacune d'elles pouvant aller vérifier chez l'autre, si besoin était. Sitôt entrée, la chatte l'interpelle sans aménité. Pour éviter que l'animal nuise à son projet, elle l'enferme dans la salle de bains.

Debout derrière le rideau du salon, elle guette sa proie. Il viendra, elle le sait. Tous les matins, il passe ici, traînant avec lui son air baveux, de macho-tyran des femmes sans défense. C'est ce matin qu'il passe à la caisse, qu'il paie sa dette. Un faible sourire prend forme dans son visage, un sourire qui n'a rien d'amical. Elle respire bruyamment quand elle l'aperçoit, traversant la rue, son sac sur l'épaule.

Il y a longtemps qu'elle l'épie, elle connaît ses moindres habitudes. Bientôt, il va monter l'escalier, fouiller dans sa poche de toile, laisser le courrier et redescendre. En bas, il jettera un œil à gauche, à droite et ira vers le coin arrière de la maison, juste sous le balcon de Marie-Héléna et il pissera. Pour la dernière fois.

Ses prédictions se révèlent justes; quand il se faufile sous le balcon, elle ouvre la porte et sort sans bruit. Elle aurait pu être moins discrète, ça n'aurait rien changé. C'est à croire qu'il prend plaisir à se vider la vessie en public. D'en haut, elle le regarde ouvrir sa braguette et en sortir son pénis. Un sexe qui semble bien minuscule, vu d'où elle est, ridicule même. Pourquoi s'énerver pour une si petite chose?

Comme si elle agissait au ralenti, elle ouvre le contenant de plastique, l'odeur lui monte au nez. Une odeur forte, l'a-t-il senti? Il lève la tête. Elle vide le pot sur lui, c'est si facile, il est juste en dessous. Le liquide jaune lui coule sur le visage, gicle sur les épaules, glisse sur les vêtements, se confond avec l'urine. A-t-il crié? Elle ne se rappelera que sa bouche tordue, ses yeux épouvantés et son mouvement de recul quand elle a frotté l'allumette. Elle n'a eu qu'à étendre le bras, à ouvrir la main. Lentement, en tourbillonnant, à demi-éteinte, la petite flammèche s'est approchée de lui. Avant même de le toucher, il y a eu un grand bruit, un grand déplacement d'air chaud.

Il était déjà trop tard pour lui, il n'était plus qu'une torche humaine d'où se dégageait une horrible odeur de cochon brûlé. Ensuite, comme si le temps cherchait à se rattraper, tout est allé très vite. Comment a-t-elle pu descendre de l'escalier sans débouler? Margo ne le sait trop. Assise, sur un banc dans un parc miniature, à peine un coin de verdure, elle ne se rappelle que l'odeur et les bruits. Une odeur qui lui lève le cœur et le grésillement de la peau qui brûle entrecoupé par des cris d'effroi.

Incapable de les supporter, elle s'est sauvée. En courant ou en marchant? Les deux, peut-être. Tout ce qui importait, c'était de se sauver, s'enfuir le plus loin possible, pour ne plus entendre, ne plus sentir. Depuis quand est-elle, là? Un regard à sa montre lui apprend qu'il est déjà une heure quinze.

Son ventre gargouille, mais elle n'a pas faim et elle a si peu envie de rentrer chez elle. Elle n'avait jamais pensé à ça. Préoccupée uniquement par la réussite de son entreprise, elle n'avait songé qu'à la façon de la mener à bien. Elle ne s'était pas penchée sur ce qui viendrait après.

Quelqu'un l'a-t-il aperçue en pleine action? Possible. La police est-elle à sa recherche? Cédant à l'abattement qui suit souvent l'euphorie d'une action d'éclat, elle se dit que tout cela n'a pas grande importance. Elle ne pourra pas éternellement se cacher si la police la découvre, tant pis.

Elle retourne chez elle à pas lents. Rien ne presse, personne ne l'attend. Personne ne l'a jamais attendue.

○

Le sergent-détective est embêté. L'alibi de madame Jodoin est bon, elle était bel et bien dans un petit magasin de la rue Notre-Dame au moment du crime. Le reçu de sa carte de crédit et les affirmations de la vendeuse concordent. On n'oublie pas une cliente qui brise une statuette de fine porcelaine dans son établissement. Une statuette représentant un facteur avec un petit chien qui lui mord le bas du pantalon.

Il dépose la preuve d'achat devant lui et fixe la vieille dame. Il y a presque deux heures qu'elle est ici. Elle semble plus calme qu'à son arrivée.

— C'est tout de même une drôle de coïncidence, cette statuette. Vous ne trouvez pas?

Elle lève le menton pour lui répondre, exactement à la façon d'une enseignante qui reprend un élève, brillant mais qui a commis une erreur de syntaxe.

— Coïncidence n'est pas tout à fait le terme que j'emploierais. Cela tient plutôt du syllogisme. La victime monte régulièrement chez moi; le facteur monte régulièrement chez moi; donc le facteur est la victime.

— Le facteur <u>peut</u> être la victime, rectifie le détective. Ce n'était seulement qu'une possibilité.

— C'est maintenant un fait, malheureusement. Comment va-t-il?

— Son état est critique, coma. Il a peu de chances de survivre, et encore moins de nous donner des informations sur l'agresseur.

Marie-Héléna songe à voix haute qu'il est étonnant que personne n'ait rien vu. Personne, pas même Mme Giroux qui n'a rien entendu, car elle passait l'aspirateur. Ce n'est qu'après, au moment où elle étendait son linge sur la corde qu'elle a perçu les râlements et l'odeur. Elle ne lui a d'ailleurs pas été d'une grande aide puisqu'elle a failli s'évanouir en le voyant calciné et recroquevillé contre le mur de la maison.

Les informations recueillies chez les autres voisins sont encore plus maigres, car la plupart d'entre eux ne sont même pas là. Le lundi matin, tout le monde travaille. Caron devra attendre à ce soir pour faire la tournée des dépositions. Il se secoue et reprend:

— Madame Jodoin, jusqu'à présent vos déductions semblent se révéler exactes. Alors, aidez-moi un peu plus en allant plus avant. D'après vous, pourquoi toutes les tentatives ont eu lieu chez vous? Après tout, un facteur passe à plusieurs maisons. Pourquoi la vôtre?

— Pour éloigner les recherches? Dans ce cas, ma maison doit être le plus loin possible de la demeure du meurtrier.

— Ou, au contraire, elle est très près, ce qui lui permet de voir tout ce qui se passe.

Cela peut aussi être le fait d'une de vos connaissances. Vous ne voyez personne qui puisse avoir un passé, disons... entaché par un casier judiciaire?

— Quelqu'un qui aurait fait de la prison? Non, pas du tout! s'écrie-t-elle surprise. Pourquoi? Vous pensez que c'est l'œuvre d'un criminel?

Pour ne pas avoir à élaborer sur le sujet, il lui lance qu'après ce meurtre, l'agresseur est effectivement devenu un criminel.

— Après tout, vous avez raison, dit-elle en raisonnant, tout le monde peut avoir un jour l'envie de tuer quelqu'un sous l'effet d'une colère, mais pour commettre l'acte... J'imagine qu'il faut avoir un caractère particulier.

— Détrompez-vous. Il y a malheureusement bien plus de gens que l'on pense qui sont capables d'assassiner de sang-froid. Je ne sais plus trop où j'ai lu qu'en chacun de nous se cache une âme de tueur qui ne demande qu'à s'extérioriser, mais j'y crois. Poser le geste est relativement simple, regardez le nombre de chasseurs qui, chaque automne, s'amusent à tirer sur des pauvres bêtes sans défense. Et cela sans aucun remords, ils en retirent même de la fierté et une certaine excitation. Ils ont droit aux félicitations du genre «C'est une belle bête!».

La seule différence quand on tue un être humain, c'est après. On se sent coupable, car on sait très bien que la société ne tolère pas ce genre d'excès.

Très content de son petit discours, il se tait et observe l'effet qu'il a eu sur la vieille dame. Est-elle impressionnée? Difficile à dire. Elle le fixe de ses yeux sérieux, sans parler.

«Vieux fou, se dit-il intérieurement, elle ne sait rien, c'est évident. Sinon, il y a longtemps qu'elle aurait parlé. À cet âge-là, il est bien difficile de dissimuler.»

— Bon! poursuit-il à haute voix, je vais vous reconduire. Venez, vous serez pas trop en retard pour votre dîner.

15

Vérités murmurées

Revenir à la maison lui fut difficile. Marie-Héléna avait évité de regarder le gazon carbonisé et les traces noires le long du mur. Elle l'évite encore. Devinant son trouble, son gendre lui a bien offert de rester chez lui quelque temps, mais elle a refusé. Par orgueil! L'orgueil de dire qu'elle se débrouille toute seule malgré son âge. Il a compris et n'a pas insisté.

C'est difficile de vivre sur son orgueil. Ça use le moral. Elle n'ose presque plus sortir pour ne pas être obligée de regarder les marques de cette mort horrible. Car le pauvre facteur est décédé sans reprendre conscience. Il faut pourtant qu'elle se secoue de cette torpeur. Elle ne peut s'enfermer indéfiniment. Il n'est pas dans ses habitudes de s'emprisonner chez elle pendant plus de trois jours.

Faire une promenade en vélo? Elle n'en a pas envie et pas l'énergie, non plus. Et il fait trop froid pour une simple balade à pied. Le magasinage, elle en a eu sa claque, la statuette lui a déjà coûté assez cher. Reste Margo, elle peut lui rendre visite. Ça lui changera les idées. Elle lui téléphone. Toujours pas de réponse, elle n'entend que le bruit de la sonnerie.

C'est aujourd'hui vendredi, elle devrait pourtant être chez elle. Marie-Héléna trouve étrange et inquiétant le fait que, depuis deux jours, elle ne puisse la rejoindre. Elle hésite, remet à plus tard, téléphone de nouveau et admet finalement qu'elle n'en aura le cœur net que si elle va vérifier en personne.

Elle s'emmitoufle dans un gros chandail de laine gris et rose et sort courageusement. Il faut vraiment qu'elle ait beaucoup d'affection pour son amie pour emprunter le chemin de la cour. Elle prend une grande respiration et ferme presque les yeux pour passer entre les deux maisons. Rendue à la porte de Margo, elle s'étonne de ne pas avoir envie de vomir. C'était moins dur qu'elle ne l'avait cru.

Elle sonne, frappe, mais la vieille fille n'ouvre pas. Elle choisit donc une clé dans son trousseau et entre.

— Margo, Margo, appelle-t-elle doucement. Es-tu là?

Marie-Héléna, impressionnée par le silence, remarque que son timbre de voix est mal assuré et elle s'en veut. Après tout, elle n'a aucune mauvaise intention en entrant ici. Elle se ressaisit et avance d'un pas ferme à travers le salon. Sur le fauteuil, l'album de photographies est ouvert. La lampe est allumée. Elle s'en étonne, car il ne fait pas si sombre dehors. Dans la cuisine, la vaisselle traîne dans l'évier, ce qui n'est pas dans les habitudes de Margo. Délaissant la salle à manger, Marie-Héléna pousse lentement la porte de la chambre et jette un coup d'œil sur le lit.

Pourquoi n'a-t-elle pas cru à une cause naturelle? Qu'est-ce qui lui a fait penser à un tel geste? Comment a-t-elle pu savoir à cet instant-là qu'il s'agissait d'un suicide?

Elle ne pourra jamais se l'expliquer, mais en la voyant elle a compris. Pas tout, non, il serait exagéré de dire cela. Ce qu'elle a saisi se limitait aux sentiments de son amie. Elle a senti que Margo avait suivi son destin. Marguerite avait éteint sa vie comme on ferme le chauffage quand la chaleur devient insupportable.

Le visage de son amie semble si calme qu'elle ne peut y déceler la moindre trace du désespoir qui l'habitait auparavant. Debout, près du lit, Marie-Héléna n'ose respirer. Pour ne pas la réveiller, songe-t-elle, elle semble si heureuse. Puis, la réaction se fait en elle. Brutalement, elle rejette cette pensée. On ne se suicide pas par plaisir!

Sur la table de chevet, à côté du lit, il y a quelques mots griffonnés à la hâte. Marie-Héléna prend la feuille qui lui est adressée.

«Chère Marie,

Je dois le faire. Peut-être comprendras-tu? Je l'espère. Quand un pêcheur lance ses filets dans l'eau, il ne peut les laisser traîner indéfiniment. Alors je vais jusqu'au bout, je retire le mien.

Adieu,
Ton amie Marguerite.»

La vieille dame ne peut retenir ses larmes. Non, elle ne comprend pas. Pour elle, la vie vaut la peine de se battre. On n'a pas le droit de s'abandonner ainsi.

— Mais qu'est-ce qui a bien pu te déprimer à ce point? crie-t-elle.

Elle frissonne de rage. Si elle ne se retenait pas, elle brasserait la morte pour la réveiller, lui dire qu'elle n'avait pas le droit, la gronder. Elle pleure et marmonne des reproches tout en se promenant avec des gestes ridicules autour du lit. Puis, n'en pouvant plus, elle se précipite au salon.

Affalée dans le fauteuil, elle laisse libre cours à son chagrin et aux diverses émotions accumulées depuis deux semaines. Elle pleure comme un enfant blessé, en se lamentant. Tout son corps est secoué. Elle mord la manche de son chandail pour ne pas hurler.

Lentement, l'épuisement aidant, elle se calme. Elle se mouche, essuie ses yeux et respire à grands coups. Sa tête est vide. C'est une impression à la fois horrible et rassurante. Rassurante, car cela fait moins mal de ne penser à rien, mais horrible quand on a l'habitude de vivre avec des certitudes. Les siennes viennent de foutre le camp.

Sous sa cuisse, elle sent l'album de photos qui lui entre dans la peau. Elle le prend dans ses mains et en tourne les pages, sans vraiment chercher à comprendre ce qu'elle voit. Seulement, pour remplir de nouveau sa tête, d'images. Celles-ci se superposent. Marguerite enfant est remplacée par sa fille enfant. Comment s'appelait-elle, cette petite fille? Marguerite ne lui a pas dit.

La jeune femme aussi est morte. Comment? Accident, maladie ou suicide, comme sa mère. Elle avait pourtant l'air heureuse dans sa robe de mariée, la dernière photo de l'album. C'est à croire que tous les souvenirs de Margo se sont arrêtés là. Marie-Héléna feuillette, pour la forme, les dernières pages. Elles sont vides. Elle glisse sa main sur les cartons noirs comme une aveugle cherchant à déchiffrer un message en braille. Qui gardera souvenance de ces deux êtres, de leurs malheurs, de leurs joies?

Elle caresse longuement l'intérieur de la couverture qui est en satin noir, avant de vraiment en sentir l'épaisseur. Ses doigts devinent une masse entre le carton rigide et le tissu. Elle tâte avec curiosité l'étrange forme. Sans hésiter, elle décolle minutieusement le haut du satin. C'est bien ce qu'elle croyait, des papiers y sont glissés.

Ce n'est pas une profanation, tente-t-elle de se convaincre, puisque Margo lui a demandé de la comprendre. Pour y arriver, elle manque d'éléments, peut-être que ceux-ci l'aideront. Elle les tire doucement de leur cachette. Il s'agit d'une page de journal jauni par le temps. Elle la tourne des deux côtés avant de trouver celui qui l'intéresse.

Dans le coin supérieur droit, une photo en noir et gris attire son attention. C'est bien la fille de Marguerite en robe de mariée, au bras d'un jeune homme. La qualité de l'image est mauvaise, le marié ressemble à n'importe qui de cet âge-là: cheveux assez longs, tout comme les favoris, petite moustache, habit probablement loué. Le mariage doit remonter à quinze ou vingt ans environ, d'après le pantalon dans le style patte d'éléphant.

Le titre de l'article annonce: FOU DE COLÈRE, UN HOMME FRAPPE SA FEMME À MORT. Marie-Héléna réalise que la cause de la détresse de Marguerite réside dans l'article qu'elle tient entre les mains. Malheureusement, elle n'a pas ses lunettes et est incapable de le lire. Elle se décide vite. Après un dernier adieu à son amie, elle retourne chez elle, emportant l'album de photos et tout son contenu.

Elle sait que, dans de telles circonstances, elle doit prévenir les policiers mais, auparavant, elle préfère prendre connaissance de l'article. Un café chaud à la main, ses demi-lunes sur le nez, elle s'assoit à la table de sa cuisine et déchiffre enfin les petits caractères noirs. Ils lui apprennent qu'après deux ans à peine de mariage, la jeune fille qui s'appelait Louise Blondin, avait fait une demande de divorce. Elle invoquait la clause de cruauté physique et mentale et était retournée vivre chez ses parents. Son mari avait attendu qu'elle soit seule à la maison pour aller la voir avec l'unique intention de lui parler. La conversation aurait mal tourné et le jeune homme s'était emporté. Ne se maîtrisant plus, il l'avait frappé de toutes ses forces, sans arrêter. Puis, il avait pris la fuite.

Le journaliste terminait son exposé en ajoutant que la justice avait le bras long et que les policiers étaient parvenus à le retrouver. Il devait maintenant purger une sentence de dix ans pour homicide, mais qu'il pourrait obtenir une libération pour bonne conduite dans moins de cinq ans, peut-être.

La vieille dame soupire tristement. Son amie n'avait pas besoin de ce malheur supplémentaire. La vie est parfois mal faite. Curieuse, elle va chercher une loupe dans le tiroir de son buffet et examine la photo de plus près. Ce visage-là ne lui est pas inconnu. Aujourd'hui, il est sûrement moins chevelu, les favoris se portent plus courts et une moustache ça se rase, mais les yeux on ne peut les modifier aussi facilement. Et ses petit yeux sournois, elle les a déjà vus. Ici, à côté de chez elle!

— Oh, non! Margo ce n'est pas toi qui... gémit-elle une main sur la bouche pour s'empêcher de dire une énormité.

Pour elle, c'est impossible. Ce n'est pas parce que le mari de sa fille et le facteur sont le même homme que Marguerite est la coupable. Elle ne peut le croire. Il ne s'agit que d'un hasard, rien d'autre. Pourtant...

Que voulait-elle dire par «lancer son filet»? Pourquoi avoir écrit cela dans sa lettre d'adieu? Marie-Héléna imagine difficilement Marguerite en mère vengeresse, mais elle doit bien s'avouer qu'il y avait en son amie tant de secrets. Comme un iceberg, elle n'en connaissait que la pointe, le visage social qu'elle voulait bien découvrir devant les gens. Ce qu'elle dissimulait était terrible, énorme, gonflé par les épreuves.

En y repensant, tous les morceaux s'emboîtent si l'on pose comme hypothèse que Marguerite est l'instigatrice des attentats. Le mobile est valable et plus que plausible. Les possibilités de préparer les attaques étaient à sa portée. Il y a même la signature de l'œuvre accomplie par le suicide. La preuve, la seule et unique preuve permettant à quiconque de faire tous les liens se trouve dans les mains de Marie-Héléna.

Que peut-elle faire? Son amitié est-elle plus forte que son besoin de vérité? Le système judiciaire n'a-t-il vraiment aucun autre moyen de remonter jusqu'à cette femme? Elle soupèse toutes ces questions.

Le choix demeure le sien.

16

Fin de l'enquête

Quand les policiers Lavoie et Sicard se présentent au logement de la défunte, Marie-Héléna les attend sur le palier. Sans dire un mot, elle leur remet la clé et c'est le plus jeune qui ouvre la porte. Pendant qu'ils entrent, elle a droit aux questions d'usage de la part du plus âgé.

— Pourquoi êtes-vous venue ici ce matin?

Les réponses sont brèves et précises.

— J'étais sans nouvelles depuis deux jours.

— Comment se fait-il que vous possédiez une clé de l'appartement?

— Par sécurité.

— Avez-vous déplacé ou touché à quelque chose de particulier?

— J'ai ouvert, ensuite j'ai simplement traversé le salon et la cuisine avant d'entrer dans sa chambre.

Elle refait les mêmes mouvements et les guide vers la morte. Sicard redemande:

— Et ici, vous n'avez rien touché?

— Non... Si, reprend-elle vivement, le papier sur la table, c'est tout.

Lavoie se penche sur la feuille et la lit à haute voix.

Les mots sonnent bizarrement dans la bouche du jeune policier. Que connaît-il des malheurs quotidiens, de la souffrance et de la volonté de mourir, se demande Marie-Héléna? Le petit soupir qu'il pousse à la fin de sa lecture prouve qu'il n'est pas aussi ignorant de la détresse humaine qu'elle l'avait d'abord cru.

Avec douceur, il lui suggère de retourner chez elle. Sa présence est inutile. S'ils ont besoin de renseignements supplémentaires, ils iront la voir chez elle. Juste au moment où elle passe la porte, Sicard la rattrape et demande:

— De quel téléphone vous êtes-vous servi pour nous appeler?

— Du mien.

— Parfait, je vous remercie.

Il passe à deux doigts de lui souhaiter une bonne journée, mais se retient de justesse. De toute façon, sa journée est gâchée par la découverte d'une voisine suicidée.

— Quand la malchance te colle après, dit-il en revenant vers son collègue. Un meurtre et un suicide dans une même semaine, ça fait beaucoup pour une vieille dame.

— Ouais! Beaucoup trop, approuve Lavoie qui prend déjà des notes. J'espère qu'elle n'aura pas un arrêt cardiaque par-dessus ça.

Dehors, une sirène se fait entendre. C'est probablement l'ambulance qui brûle les feux rouges. Marie-Héléna respire profondément. C'est fait, les dés sont lancés. Elle ne peut plus rien pour son amie, mais l'essentiel a été accompli. Le vieil album a retrouvé sa place initiale. Il est vrai qu'il y manque quelques éléments...

Chez elle, il n'y a plus aucune trace du petit feu qu'elle a allumé dans son chaudron pour faire disparaître les preuves trop accablantes. Maintenant, le destin peut suivre son cours. D'ailleurs qui peut bien se soucier d'une histoire vieille d'une quinzaine d'années? Le secret de Marguerite est en sécurité, personne ne fera parler Marie-Héléna Jodoin. Pas même le sergent-détective Caron!

Elle se plaît à imaginer l'enquêteur assis dans son salon, enfoncé un peu trop profondément dans la causeuse gris souris, son calepin sur les genoux. En face de lui, dans sa berceuse rembourrée, un tricot entre les mains, elle écoutera ses questions sans avoir à trop le regarder. Manier les aiguilles lui permettra de réfléchir avant de répondre.

Sur un ton poli, elle s'informera de l'enquête sur la mort du facteur, ajoutant même:

«Le pauvre homme, quelle horrible fin! Il avait l'air tellement correct. Pour sa famille, ce doit être terrible.»

Caron lui dira qu'en réalité, c'était un criminel, qu'il a fait de la prison. Sur ce, elle s'exclamera:

«C'est pour cela que vous m'avez demandé si je ne connaissais pas quelqu'un avec un dossier judiciaire. Dans ce cas, ça change tout. Vous avez raison, il s'agit sûrement d'une espèce de vengeance. Comment dit-on ça? Un règlement de comptes? C'est bien le terme exact? Oui, oui, un règlement de comptes. Dans les journaux, on lit régulièrement des choses comme ça. Entre voleurs, il y a parfois des mésententes. Quoi! Il n'avait pas été accusé de vol. J'espère que ce n'était pas pour vio...»

Le policier la corrigera en lui annonçant le véritable crime de l'employé des postes. Elle espère qu'il ne dévoilera pas trop de détails morbides sur cette histoire. Pour couper court aux descriptions malsaines, elle s'étonnera qu'après un tel geste, il ait pu se trouver un aussi bon emploi. Il marmonnera quelques paroles sur les politiques gouvernementales de réinsertion des prisonniers dans la société.

Elle le laissera s'épancher sur tous les problèmes que les dirigeants politiques, à n'importe quel niveau, peuvent créer simplement en voulant bien faire. Il lui parlera des lois inadéquates et impossibles à appliquer, du travail ingrat des policiers, du manque de soutien des hauts-gradés dans la hiérarchie policière. Ce sera facile de le faire parler, tout le monde aime bien confier ses petits ennuis surtout à une vieille dame. On ne se méfie jamais d'elle et elle semble nous écouter avec tellement d'intérêt, en hochant la tête avec compassion.

Qui pourrait se douter que les vieilles dames mentent parfois et même très bien? Elles ont une longue expérience de la vie et de tous les comportements nécessaires pour passer au travers. La dissimulation fait partie de ceux-ci, mais essayer de leur faire avouer!

Pourtant elle ne mentira pas quand elle lui parlera de la mort de Marguerite:

«Vous savez, à notre âge, nous ne sommes plus très loin du cimetière. L'idée de passer la dernière barrière nous accompagne quotidiennement. Si l'on vit seul et sans attache, c'est parfois difficile d'y résister. Margo n'avait pas de famille proche, alors...»

Un miaulement la ramène à la réalité. Elle flatte Choupette qui se pelotonne contre ses genoux.

— Tu ne me crois pas capable d'agir ainsi? Eh bien! tu te trompes et je te le prouverai. Pas plus tard que...

La sonnette de l'entrée interrompt sa discussion avec la chatte qui saute par terre. Elle se lève, la gorge serrée, marche lentement vers la porte et l'ouvre. Le sergent-détective Caron est devant elle, l'œil fatigué, un sourire mélancolique sur les lèvres. Il se sent ridicule d'avoir à embêter la vieille femme avec une entrevue qui n'est qu'une formalité.

D'une voix hésitante, Marie-Héléna l'invite à passer au salon. Il se laisse tomber dans la causeuse gris souris. Elle s'assoit sur la berceuse rembourrée et ramasse son tricot dans le panier d'osier près d'elle.

Avec madame Jodoin, il n'a pas vraiment envie de jouer au chat et à la souris. Il ne ressent pas le besoin de déployer toutes les astuces de son rôle. Une si brave vieille femme! Elle s'en aperçoit et n'a que peu de remords d'abuser d'une telle marque de confiance. L'honneur de son amie est en jeu. De toute façon, la coupable n'a-t-elle pas payé assez chèrement sa propre vengeance? Si elle a encore une dette, ce n'est pas à un simple mortel d'en exiger le remboursement. Elle croit qu'il existe un créancier plus important que les humains.

Alors, elle prend son ton le plus poli et s'informe de l'enquête sur le décès du facteur:

— Le pauvre homme, quelle horrible fin! Il avait l'air tellement correct...

Table des matières

SUSANNE

JULIEN

Quand Susanne Julien était jeune, ses enseignantes trouvaient qu'elle donnait trop libre cours à son imagination. À l'époque, ses compositions (on ne disait pas des productions écrites à caractère expressif!?!), ses compositions donc faisaient toujours tomber à la renverse les religieuses du couvent où elle apprenait les rudiments de la langue française.

Que diraient ses pauvres dames, aujourd'hui, en lisant ses livres? Que Susanne Julien gambade joyeusement au pays de l'imaginaire… Et vous, qu'en pensez-vous?